Tu lengua en mi boca

Tu lengua en mi boca

LUISA REYES RETANA

LITERATURA RANDOM HOUSE

El papel utilizado para la impresión de este libro ha sido fabricado a partir de madera
procedente de bosques y plantaciones gestionadas con los más altos estándares ambientales,
garantizando una explotación de los recursos sostenible con el medio ambiente y beneficiosa para las personas.

Tu lengua en mi boca

Primera edición: enero, 2022

D. R. © 2022, Luisa Reyes Retana

D. R. © 2022, derechos de edición mundiales en lengua castellana:
Penguin Random House Grupo Editorial, S. A. de C. V.
Blvd. Miguel de Cervantes Saavedra núm. 301, 1er piso,
colonia Granada, alcaldía Miguel Hidalgo, C. P. 11520,
Ciudad de México

penguinlibros.com

ISBN: 978-607-380-298-7

Impreso en México – *Printed in Mexico*

Everything with wings is restless,
aimless, drunk and dour.
JOANNA NEWSOM

Y dije yo, mi impulso siempre ha
sido la ficción.
No eran los hechos reales los que me
movilizaban sino las palabras.
Sangre en el ojo, LINA MERUANE

A la memoria de mi padre
Lorenzo Reyes Retana

I

POEMAS

Cada mañana entraba en el cuarto con el periódico bajo el brazo. Abría las cortinas y las ventanas, sacudía las cobijas y acercaba una silla a la cama. La luz del día alumbraba las formas mínimas de un cuerpo más muerto que dormido. Berta la aseaba, le acomodaba las canas detrás de las orejas y Ligia batallaba para mover su párpado finísimo y abrir el único ojo que le quedaba, mientras despegaba los labios y sacaba la punta de la lengua blanca.

"Buenos días, Ligia", decía Berta mientras la sostenía de las axilas para que arrastrara los huesos a la cabecera. Acercaba un vaso con agua a su boca y Ligia sorbía y lengüeteaba. Cuando quedaba satisfecha, asentía despacio. Berta se sentaba en la silla, abría el periódico y leía los encabezados. Ligia miraba por la ventana y asentía o negaba según le pareciera. Le gustaban la poesía y las historias de espantos, pero las mañanas se limitaban a las esquelas, la primera plana y algunos editoriales.

Hacía años que le interesaba poco de lo que su sobrina leía. Muy de vez en cuando levantaba las cejas al escuchar un nombre conocido en las esquelas. A veces ni eso. Era imposible saber qué tanto entendía. Había dejado de hablar casi por completo y sus gestos se perdieron detrás de una mueca fea que le suplantaba la cara. Aun así, Berta leía todos los días, porque comprendía que la intención del ritual no era la de informar, sino refrendar el pacto entre ellas.

Esa mañana leyó las secciones de siempre y una más que encontró en los editoriales sobre la Zona del Silencio, un sitio desértico entre los estados de Coahuila, Durango y Chihuahua, que a su tía le obsesionaba. En la adolescencia, Ligia había hecho un viaje escolar a esa región y presenció la aparición de una mujer. Cuando quiso acercarse, la mujer se hizo arena y desapareció, pero de algún modo seguía ahí. Nadie más la vio, ni le creyeron. Ligia pasó toda la noche en el sitio del que se había borrado, conviviendo con su presencia espectral. Se prometió que regresaría a buscarla, cosa que no sucedió, porque la vida la condenó a la cama. Cuando aún hablaba, se refería a ella como "mi mujer".

El reportaje decía que en la Zona del Silencio las señales de comunicación se interrumpían, los coches dejaban de avanzar y sus baterías morían al cruzar el letrero de bienvenida. Que alguna vez estuvo bajo el mar y que fue un cementerio chichimeca. "Según los lugareños", siguió Berta, "debajo de la tierra hay un campo magnético que confronta a las leyes de la física". Ligia asintió y Berta le acercó la nota para mostrarle la imagen de un cielo pleno de estrellas, abovedado y púrpura.

Ligia hizo un movimiento brusco con la cabeza, como en un exorcismo. Quiso arrancarle el periódico de las manos y el ojo se le llenó de lágrimas. Berta soltó el diario e intentó acercarse a ella para consolarla, pero Ligia la atrapó entre sus brazos rígidos y dijo, con la voz quebrada y escupiendo, que quería descansar por toda la eternidad en la Zona del Silencio, junto a su mujer.

—Quiero cumplirle y atender el murmullo del mundo. Me vas a llevar ahí cuando me muera —Berta se separó y le buscó la mirada en el ojal negro. Más que un ruego parecía una advertencia.

—Júrame que me vas a llevar ahí. Esparce ahí mis cenizas.

—Mejor acá. Con los demás.

—¡Di que lo vas a hacer! —la vena de la frente le cruzaba la cara como relámpago.

—¿Te sientes bien? —le tocó la cara húmeda.

—Júrame por tus hermanos.

Berta tomó su mano y sintió su inquietud.

—¿Por qué quieres estar junto a ella y no junto a los nuestros?

—Júrame, Berta.

Berta entrecerró los ojos y miró su mano frágil.

—Te juro que voy a esparcir tus cenizas en la Zona del Silencio.

Las palabras le salieron de la boca como piedras. Un momento después, era tarde para ponderar el compromiso.

Ligia se dejó caer. Berta la arrastró sábanas abajo y la tapó. Le pasaron por la mente imágenes de ella muerta, su cadáver, su funeral, sus cenizas, imágenes que había visto mil veces, ahora en el desierto.

Salió del cuarto con el periódico abrazado al pecho, buscó en la cocina unas tijeras y extendió la página sobre la mesa. Analizó muy bien la foto. El cielo parecía el interior de una flor, una imagen de microscopio, una galaxia. La recortó y la pegó con un imán en el refrigerador con todo y su leyenda: "en noches como esta, se puede apreciar el murmullo del mundo".

La abuela Alicia la despertó a las cinco y media, como cada mañana, con la diferencia de que ese día cargaba una charola de galletas que había preparado para celebrarla. Era su cumpleaños dieciocho. Estaban especialmente parecidas. Ambas en camisón blanco, la melena negra, suelta y despeinada. La cara ovalada, cóncava, la piel olivácea, los ojos oscuros y juntos. Entre las galletas había una veladora encendida, envuelta en papel encerado. La abuela se sentó en la cama y le cantó feliz cumpleaños en voz baja. Berta se incorporó, sonrió, sopló la veladora y se abrazaron. "Mira esos pájaros", dijo la abuela. Le parecía extraño que volaran hasta un piso doce. "Tal vez vinieron sólo a felicitarte en tu cumpleaños".

Mientras comían galletas, la abuela la miraba con nostalgia de su propia juventud. Lo que más le intrigaba del físico de su nieta era una mancha amarilla que tenía en el iris del ojo izquierdo y que la hacía ver como animal, parecía al ojo de un chacal o de una loba.

La tía Ligia entró en el cuarto. La melena negra despeinada. "Aunque te apures ya no tienes tiempo de irte en metro a la escuela. Vístete y te llevo en el carro". Berta se vistió con el uniforme de enfermera y salió de su cuarto para ayudar con el desayuno. Vivían en un departamento grande y bien iluminado, en un edificio de los años cuarenta. Frente a la barra de la cocina, en el comedor, había una gran mesa ovalada, cubierta con formica roja. El comedor daba a un ventanal de piso a techo desde el que se veía avenida Reforma y en temporada, las jacarandas de la colonia Juárez.

La cocina olía a café y a huevos fritos con frijoles. Con seis y ocho años, sus hermanos corrían alrededor de la mesa del comedor mientras su padre los perseguía para amarrarles las agujetas. Su mamá exprimía naranjas, el abuelo armaba un modelo de cartón de una locomotora de vapor y la abuela andaba por la casa limpiando todo con un pañuelo. "Apretados, pero contentos", le decían a la gente cuando preguntaba.

—¡Vámonos! —gritó la tía Ligia mientras se acicalaba frente al espejo de la entrada. Se había echado encima una túnica blanca que vivía en el perchero y que todos usaban cuando querían disimular las fachas.

Los padres de Berta la despidieron en la puerta con abrazos y besos.

—Feliz cumpleaños, Bertita chula —dijo su madre.

—¡Feliz cumpleaños, mija! —gritó el abuelo desde el comedor—. ¡Te regresas con cuidado y que no se te haga de noche!

Ligia tomó del perchero su mascada azul añil, se la amarró al cuello y colocó el nudo ligeramente a la derecha, como su chongo.

—Así ya no me veo fodonga ni parezco monaguillo.

Llegaron a la Escuela Nacional de Enfermería con tiempo suficiente para hablar sobre la cena de cumpleaños. Una prepararía un flan y la otra mejillones. Ligia sacó de una bolsita de papel un diccionario Larousse y se lo regaló.

—Feliz cumpleaños, Bertita chula. Ojalá te guste.

Berta examinó el volumen. En su interior encontró una carta en un sobre con las palabras *Berta Gaspar* escritas con caligrafía muy fina.

—Gracias, tía Ligia. Tenemos que hablar de esto —dijo levantando el diccionario.

—¿No te gustó?

—Al contrario, me gusta mucho. Y no me hubiera gustado que me regalaras un botiquín.

—Otra vez con lo mismo, Bertita.

—Quiero dejar la enfermería este semestre. No voy a llegar al año. Voy a estudiar letras clásicas o inglesas, ya lo decidí, pero necesito tu apoyo.

La tía Ligia suspiró.

—Se sufre mucho, mija. Las letras son bellas, pero no dan de comer. Yo necesito tu ayuda con los abuelos.

—Ya lo sé, pero esto no me gusta. Me deprime. Yo te ayudo con los abuelos, pero no quiero estudiar enfermería.

—Ay, Berta. Eres muy necia. Lo hablamos este fin de semana. Vete que se te hace tarde.

Berta guardó el diccionario en la mochila, le dio un beso a su tía y antes de salir del coche, se caló la cofia, se pintó los labios y la miró de frente.

—¿Qué tal?

—Como actriz de cine.

Ligia la vio correr hacia la puerta para encontrarse con sus compañeras de clase, que estaban sentadas en una jardinera fumando y riendo. Le dio gusto haberla llevado esa mañana.

Volvió a casa pasadas las siete y cuarto, satisfecha por haber librado el tránsito y justo a tiempo para despedir a los niños. El transporte escolar pasaba por ellos más o menos a esa hora.

Se bajó del coche y se puso en cuclillas para alzar el pasador. Sintió un tirón debajo de los pies. Pensó que se había pisado la túnica, pero estaba suelta. Se quedó quieta, viendo hacia lo alto del edificio.

—Está temblando —dijo en voz baja.

El aire se espesó y los muros se hicieron polvo fino, huracanes de añicos. Cayó sentada y vio la mesa roja de su casa volar por la ventana como un ovni y las vigas del techo del zaguán vencerse y caer. Intentó pararse, pero un ojo se le había negado. Se tocó la cara y encontró una astilla fría incrustada en la cuenca de su ojo derecho, un pedazo de vidrio del tamaño de la hoja de un cuchillo. Miró la túnica ensangrentada y las vigas del zaguán sobre sus piernas.

Berta trataba de bajar a empujones las escaleras de la escuela, golpeándose la cabeza contra las paredes y tropezando con otras doscientas estudiantes que intentaban hacer lo mismo. La directora hablaba desde un altavoz, parada sobre la jardinera en la que más temprano se había encontrado con sus compañeras. Las estudiantes querían irse a sus casas, pero las autoridades universitarias no las dejaban salir. Tenían instrucciones para distribuir a las enfermeras por las zonas afectadas.

—Prepárense para atender a los lesionados —la voz reverberaba desde el megáfono— ya vienen las ambulancias por ustedes. Parece que se han caído varios edificios. Fórmense por grados, las vamos a repartir por las colonias dañadas.

No se formó en su grado sino que se coló a una de las ambulancias destinadas a la colonia Juárez. Quería correr a la esquina de Berlín y Liverpool, y comprobar que su familia estaba a salvo, pasar el susto con ellos y resguardarse del caos.

La ambulancia en la que viajaba se detuvo a la altura del metro Insurgentes. El aire cargado de polvo. Berta salió disparada. Cruzó avenida Chapultepec entre miles otros que corrían y gritaban, y al doblar la esquina en Liverpool se detuvo un momento y miró: en el lugar en el que antes se plantaba su edificio ahora había un tramo de cielo turbio.

Siguió caminando entre el cascajo, con un nudo duro en la garganta. Llegó hasta donde antes estaba el número dieciocho de la calle Berlín y encontró una montaña gris y desgarrada, pedazos de muro erguidos con secciones de los pisos aún sujetas, como resbaladillas. Cayó hincada y miró hacia todos lados. Los ojos como dardos, buscando desesperados cualquier cosa reconocible. Volvió a escuchar gritos, lamentos, llantos, las sirenas de ambulancias y patrullas. Cosas que crepitaban debajo de sus rodillas.

Una persona pasó corriendo a su lado y sin querer la golpeó en la cabeza. Se paró como pudo y caminó despacio hacia la montaña de escombros que hacía unas horas era su edificio. La gente levantaba piedras, tabicón, pedacería de muebles y hormigón a mano limpia, gritando y buscando entre el polvo. A poca distancia vio cómo sacaban a una persona de los escombros y la llevaban en camilla hasta una ambulancia. Desde la otra banqueta un hombre le gritaba: ¡Enfermera, enfermera, necesitamos ayuda! Berta lo miró, negó con la cabeza y corrió hacia la camilla. La persona rescatada no era ninguno de los suyos. Era un hombre joven, cubierto de polvo, vestido con un traje. Los ojos apagados debajo de un capote opaco. Berta lo reconoció. Era el vecino que hacía deporte por las tardes en el estacionamiento.

Preguntó por otros sobrevivientes. El camillero le informó que, hasta ese momento, sólo había salido una mujer con vida, a parte del encamillado.

La habían llevado al Hospital General con una astilla en la cara y las piernas rotas. Preguntó cómo era la mujer y el camillero le dijo que parecía alta, como ella, porque no había cabido bien en la camilla y que llevaba una túnica y un pañuelo azul en el cuello.

En la banqueta encontró una fila con nueve cadáveres que habían dejado ahí los rescatistas mientras llegaba el transporte forense. Algunos mutilados, otros irreconocibles. No sabía quiénes eran, pero no eran sus hermanos. Se pasó un rato buscando por los escombros, desorientada, hasta que los rescatistas le pidieron que se fuera y volviera al día siguiente. Berta insistió en buscar, en meterse entre los muros desgajados, pero los hombres la detuvieron y Berta suplicó y luego los insultó y los golpeó. La sacaron pataleando y gritando. Tuvieron que custodiar las esquinas para impedirle regresar.

Nunca supo cómo llegó al hospital, si caminó o corrió o se fue en un taxi, pero llegó y no le dieron razón de Ligia. La buscó entre los lesionados y le tomó tres horas encontrarla, acostada en una camilla en el segundo piso, esperando en un pasillo para entrar en el quirófano. Sus manos astilladas, como palillos para limpiar los dientes. Su cabeza envuelta en una venda atroz.

Berta pasó la tarde y la noche con ella, humedeciendo su boca y tomándole la mano, que caía de la camilla como si fuera la de un cadáver. Por indicación de los doctores, trató de mantenerla despierta.

Le leyó toda la letra *A* del diccionario, pero Ligia no escuchaba, sólo daba alaridos, lloraba, balbuceaba y su voz sonaba metálica.

Se quedó dormida en el piso y a las cinco de la mañana la despertaron dos hombres de bata ensangrentada para decirle que era hora de llevar a Ligia a la sala de operaciones. Berta se quedó sentada en el piso, con la carta de Ligia entre las rodillas.

Ciudad de México, a 19 de septiembre de 1985

Te deseo, en tu cumpleaños dieciocho, Berta mía,
que nunca te falten las palabras para describirte.
Eres muchas y serás aún más.

Feliz día. Feliz vida.

Tu tía que te adora

En Zacatecas no pudo dormir pensando en la maleta que descansaba en la cajuela con las cenizas de Ligia. Ligia muerta. Su coacción sobre ella. La pensaba inquieta, demasiado ajustada, deforme. En el insomnio veía la maleta escurrir por las esquinas un líquido negro y espeso, como los brazos de un monstruo. El líquido encontraba una ranura en la cajuela, su camino hacia la calle, se arrastraba por el asfalto y trepaba por el muro. Lento, sinuoso, maloliente. Subía las escaleras, olisqueaba, encontraba la puerta, se dividía en canales, entraba como animal, subía las patas a la cama, manchaba las sábanas.

Tuvo que ponerse las botas y la bata, salir a la calle a buscar la maleta y llevarla a su cuarto. Se sentó sobre ella mientras fumaba y se lamentaba porque en unos meses cumpliría cincuenta y dos años y le impedían soñar las mismas cosas que de niña. Imágenes de cuerpos inertes cobrando vida, uñas creciendo en cadáveres, dientes sueltos en una boca ensangrentada. No pudo conciliar el sueño y se dedicó a terminar

La invención de un diario, de Tedi López Mills, hasta que se hizo de día.

A las ocho de la mañana estaba lista para hacer de un tirón el trayecto entre Zacatecas y la Zona del Silencio. No quería prolongar más el desgaste. Según sus cálculos, llegaría cerca de las tres de la tarde y buscaría un lugar adecuado para Ligia en el desierto, aunque no sabía qué imaginar. El atardecer, tal vez, sobre una duna de arena dorada y la lectura de un poema durante la ceremonia. Si por casualidad avistaba a un ser fantasmal como "mi mujer", tendría que improvisar. A la noche, después de satisfecha la misión, buscaría un hotel en la reserva ecológica.

Todo iba bien hasta que, a la altura del Cañón de Fernández, su coche empezó a jalonearse. Cuando llegó a la desviación hacia la Comarca Lagunera, el motor se había calentado y echaba humo por el cofre. Se lo había comprado a unos vecinos. Era una carcacha diminuta, una caja de zapatos, pero le habían asegurado que estaba en buen estado y aunque pensó en consultar a un mecánico antes de emprender el viaje, le ganaron las prisas por salir.

La mujer que le cobró el peaje le dijo que ese coche no llegaría muy lejos. Berta preguntó por un taller de reparaciones y ella apuntó en un papel la dirección del negocio de un primo suyo en la colonia Abastos de Torreón.

Se encaminó al taller con la esperanza de que se tratara de un arreglo fácil, pero al llegar, el primo de la mujer le dijo que parecía un problema del motor y que debía revisar las bujías, la bobina y los inyectores. Tendría que dejar su coche hasta el día siguiente.

No quería parar en la Comarca Lagunera. Le gustaba la idea del desierto intocado, sin mácula, con sus pueblos insignificantes, pero no la de esas ciudades hechizas, como Torreón, que sonaban a culebra y a balazo.

Refunfuñó, entregó las llaves y caminó maldiciendo a los vecinos, arrastrando las maletas y siguiendo los letreros que señalaban hacia el centro. A lo lejos vio una señal luminosa: *Hotel Estival.* Lo único que quería era un sitio para dormir muchas horas.

Entró en el vestíbulo y revisó el lugar discretamente. Un solo foco iluminaba el cuarto y las paredes parecían recubiertas de una película de aceite. Al lado del mostrador, en una cubeta con agua espumosa y oscura, flotaban unas cucarachas y un tampón. El tampón se había desdoblado y parecía una palomilla negra. Una de las cucarachas pataleaba, provocando un oleaje que impulsaba a la otra en dirección del tampón. Se quedó unos segundos mirando los dos cuerpos nadar por la espuma negra en dirección recíproca, moviéndose tan lentamente que por momentos parecían alejarse, creando una danza exasperante.

Pensó en la maleta.

La recepcionista mascaba chicle mientras miraba el celular, sentada en un banco con las piernas estiradas sobre cajas de cartón. Negó despacio con la cabeza sin levantar los ojos de la pantalla, porque seguido le pasaba que entraba el populacho callejero en el hotel a pedir alguna cosa, sobre todo hombres borrachos queriendo usar el baño.

—Un cuarto en la planta baja, si me hace favor —dijo Berta con la voz tirante del fastidio y limpiándose el sudor del bigote con el antebrazo. Prefería estar cerca de la tierra.

—El once —contestó la recepcionista mientras bajaba las piernas de las cajas—, nomás que da a un baldío.

Berta leyó el nombre en el prendedor que colgaba verticalmente de su camiseta, empapada en sudor.

—¿Un terreno baldío, Francia?

Francia, que tenía la estatura y complexión de un frigobar, se paró del banco y pegó un brinco para bajar la llave de una repisa.

—Sí. Un baldío. Y el ventilador hace mucho ruido. Si no quiere escucharlo, no lo prenda.

—¿Y el calor?

—Ya le dije, ahí está el ventilador.

Entró en su cuarto y se tumbó en la cama. Estaba exhausta, pero era disciplinada y a pesar de la fatiga, se paró a lavar la ropa sucia.

La talló un buen rato, de rodillas en la regadera. Mientras fregaba, pensó en un cuerpo inmenso de poemas inacabados, escritos a lo largo de todos los años de encierro, que la experiencia no le alcanzó para terminar. Esa poesía era el refugio de su pensamiento y repitió entre labios unos versos de "Ciudad en silencio", un poema con el que ganó un certamen regional de poesía de la secundaria:

> *Tiro gris, grávido, humeante*
> *abre la boca y bebe noche*
> *y sabe oscura.*
> *Se mueve como anguilas en su pecho.*

Unos mechones rebeldes se le pegaron a la cara y los sopló, pero no se movieron. Estaban apelmazados con agua jabonosa y sudor. Trató de quitárselos con el antebrazo y sin querer se untó jabón Zote en un ojo. Se paró y pateó la ropa contra la pared, que se regó por todo el baño. Recargó la frente en el mosaico y respiró profundo. "Ya casi", pensó. "Con suerte, mañana".

Terminó de lavar la ropa. Se cepilló los dientes y se acostó a leer el *Ómnibus de la poesía mexicana*. Ligia se lo había regalado. Le ardía el ojo y no podía concentrarse. Un momento después soñaba con que una mujer ciega caminaba una vereda mientras se trenzaba la cabellera.

Sonaron metales, rumores, risas de mujeres, espadas que se blandían de noche, pero los ruidos no venían del sueño, sino de fuera del hotel.

El calor se le trepó al cuerpo y le vino un bochorno. Abrió los ojos y vio el reloj. Escuchó con mayor claridad las risas y los gritos. Venían del baldío. Corrió la cortina de la habitación y miró por la ventana, entreabierta. A unos diez metros se veía un fuego y un grupo de gente atrás de unos matorrales. Mujeres, todas adolescentes, a juzgar por sus voces. "Malditas", pensó. Hablaban al mismo tiempo y reían a carcajadas. Cerró la ventana.

Despertó con la luz. Un placer incómodo la acompañaba, una satisfacción de travesura. La cruda del insomnio actuando como afrodisiaco. Quiso dormir más, pero estaba excitada y mejor salió del hotel a despejarse. Caminó sin rumbo por andadores y avenidas sin dejarse intimidar por el calor o por las miradas de los extraños. Torreón no parecía la misma ciudad de la noche anterior. Parecía más extendida y despierta, mejor parada. Le pareció que algo ocultaba el planteamiento arquitectónico, como si se avergonzara. Las calles tenían mucho esplendor yerto, como si el ambiente sugiriera que todo tiempo pasado fue mejor. Una intención borrada, negada por el polvo. Encima otra nueva, sobrepuesta. A la vista el letrero de un bar, un restaurante, otro bar, la agencia de viajes Paty Rico. Cerrado hasta nuevo aviso un consultorio de ortopedia, una oficina de Olivetti, una escuela de ballet, una panadería. Junto a ella caminaban unos perros famélicos y la señalética de inspiración tropical la interpelaba. Todo alrededor suyo parecía un delirio colectivo, armado para decirle algo.

Por la tarde fue a buscar su coche al taller y el mecánico le dijo que no estaba listo y que tardaría unos cuatro días en arreglarlo. Había que conseguir unas piezas. Berta insistió en llevarse el coche como estuviera, pero el muchacho le dijo que ya había desarmado el motor. Berta miró a su alrededor. El taller consistía de la cochera sucia de una casa y su correspondiente tramo de banqueta. Dio unos pasos en reversa y se tiró sobre lo que parecía el asiento extirpado de un tráiler. Intentó explicarle al mecánico que ya no quería estar en Torreón y que debía esparcir las cenizas de su tía en la Zona del Silencio. Él la miró con la cara vacía y repitió que necesitaba por lo menos cuatro días.

—Debo irme, ayúdame.

—Si quiere le enseño el motor, para que me crea.

Berta negó con la cabeza y lo señaló con el dedo.

—Cuatro días y ni un minuto más.

Salió del taller por el mismo camino que la tarde anterior y se fue directo a comprar una pachita de tequila y una lata de atún en un Oxxo. Cuatro días que le sonaban a seis meses, a cien días, en el mejor de los casos. Cuatro días de poemas y tequila mientras se consumía despacio, en el calor de un crematorio.

Aún con la ventana cerrada, los ruidos de afuera la despertaron. "Pinche Francia", pensó. Se espabiló y abrió la cortina para ver el baldío. Afuera se veía una luciérnaga revolotear a la distancia. Se acercaba, se alejaba, se movía en línea recta y diagonal a la tierra, pero no era una luciérnaga, sino la punta de un cigarro. Adivinó en la penumbra. Eran las muchachas de la noche anterior. Una de ellas acomodaba troncos y ramas en un montón y otra canturreaba una canción y arrugaba las hojas arrancadas de un cuaderno.

Berta suspiró y se sentó en la cama con los ojos clavados en las muchachas. Unos matorrales la protegían de ser vista, además de la mugre en la ventana. Podía ver, medio borrosas, a cuatro jóvenes haciendo ademanes. Escuchaba sus leperadas. Sintió ganas de espiarlas. De abrir la ventana y ser muy silenciosa para mirar y escuchar. Rara vez se atrevía a hacer algo astuto o aventajado, pero durante el viaje, la habían estafado en un hotel en Zacatecas y un día después tuvo que huir de una gasolinera sin pagar, porque unos muchachos quisieron meterse en su coche. Espiar se parecía a ese estarse cuidando, sólo que al revés.

Afiló la mirada y pudo ver a una pechugona de pelo decolorado verter un chorrito sobre un montón de ramas y prender un cerillo. La fogata lanzó un flamazo y las mujeres se iluminaron.

Junto a la pechugona había una muchacha que parecía alta. Usaba shorts y calcetas rayadas, la cabeza a rape y hablaba por teléfono soltando carcajadas a diestra y siniestra. Era la del cigarro. Otra, corpulenta y morena, de pelo muy largo, caminaba como galán de gimnasio alrededor del fuego. Una más, casi enana y de lentes, revisaba papeles en una tabla con clip.

Escuchó risas y voces y las vio chocar cervezas. Una escena magnífica. Entre el barullo creyó entender las palabras "Hombres necios...", seguidas de ruido, más risas y luego "Decís que fue liviandad..." y otra vez risas, "Al niño que pone el coco y luego le tiene miedo...".

Pensó que había escuchado mal, que tal vez seguía dormida, que ya le había pasado que alguien decía cualquier cosa y ella escuchaba un verso.

Enseguida escuchó una voz: "Diablo, carne y mundo". El final de "Redondillas".

Le dio un buen trago al tequila, sacó la cara por la abertura de la ventana y vio lo mismo, pero lo vio mejor. Las adolescentes estaban leyendo poesía.

La misma voz se arrancó diciendo:

—Procura desmentir los elogios o, dicho de otro modo, no te creas las mamadas que te dicen los batos, nos sugiere sor Juana en español mamón.

—Ya, Márgara. Ponte seria —la regañó otra.

—Ora. Ahí les va —dijo la primera.

Este que ves, engaño colorido,
que del arte ostentando los primores [...]

Con falsos silogismos de colores, es cauteloso engaño del sentido, susurró Berta. Le costaba creer que aquello sucediera en su presencia.

La corpulenta que caminaba como galán, empujó a la chaparrita fuera de la llanta, se subió ella misma, se ató un paliacate a la nuca, estiró los brazos y levantó la cara al cielo, en un intento por actuar la redención de sor Juana.

Berta pudo ver su silueta iluminada por el fuego.

—Pinche Márgara, te pasas —dijo una voz.

—Así me la imagino, bien intensa.

—Yo, la peor del mundo —siguió la muchacha flaca de las calcetas—. Es una de sus frases famosas.

—Yo, la peor del mundo —repitió la del paliacate, haciendo el mismo gesto de supuesta redención—. ¿Qué maldad habrá hecho como para escribir eso?

—Alguien le metió esa idea en la cabeza. Ella era buena —contestó la de las calcetas.

—Ora eres experta en la sor.

—No, pero leí la Wikipedia.

—Tú sacas todo de contexto.

—Lee Wikipedia. Un cura envidioso la hostigaba con que era una mala católica.

—La Wikipedia saca todo de contexto.

—Ora eres experta en la Wikipedia. Ya encontré la parte. Escuchen, ignorantes: bla, bla, blá... *"una conspiración misógina tramada en su contra, tras la cual fue condenada a dejar de escribir y se le obligó a cumplir con lo que las autoridades eclesiásticas consideraban las tareas apropiadas de una monja".* Ora, saquen el churro, vamos a ponernos hasta el pito.

Se escucharon risas. Se habían parado de sus lugares y circulaban una pipa de marihuana. Berta las observó. Con qué desfachatez juzgaban la obra y la persona de sor Juana. Se sentía envidiosa y seducida. "Debe ser la pipa", pensó, "las fumaciones, los silencios intensos, las carcajadas".

—¿A qué edad se murió y de qué? —preguntó otra— Búscale, Babis.

Berta anotó mentalmente: la de las calcetas es Babis.

—Pérate que estoy leyendo que, según un tal Antonio Alatorre, sor Juana —siguió impostando la voz de un señor respetable— decidió *neutralizar simbólicamente su sexualidad a través del hábito de monja.*

—¿Se hizo monja para eso?

—No seas pendeja. Se hizo monja pa escribir. Si no se hacía monja, la casaban a los catorce y en vez de leer y escribir, se pone a parir morritos. Además, le gustaban las morras.

—¿Y usaba el hábito también dentro del convento?

—El hábito es a huevo, dentro y fuera del convento. No te lo pones para *neutralizar tu sexualidad.* Ese Alatorre es un mamón. Ni madres. Si acaso se neutralizan los pinches ojos que te ven, pero tu sexualidad más bien se alborota.

—¿Por qué se va a alborotar?

—Si te prohíben algo, lo quieres más.

Berta coincidía con esa observación.

—Pon un ejemplo.

—¿Se acuerdan cuando el Beto le salió a Futuro con que quería llegar virgen al matrimonio? ¿Qué hizo la Futuro? Se agarró al otro primo. ¿Se lo hubiera dado si el Beto no la enfría? No creo, el primo está re feo, pero la negativa del Beto le calentó el anafre.

—¿Les conté que lo de llegar virgen al matrimonio me lo dijo pa no coger conmigo? Ni madres que quería llegar virgen al matrimonio. Me enteré porque le dijo al Pepe y el Pepe le contó a mi tía Sagrario que el Beto no quería meterme ni el dedo porque pensaba que tenía chancros.

—Los chancros de Futuro no tienen nada que ver con la monja. Sólo puse el ejemplo pa que vieran cómo, cuando te prohíben algo —explicó Babis— ese *algo* se vuelve tu obsesión. A nadie le gusta que le digan que no puede hacer una cosa que sí puede hacer, si se le da la gana.

—¿Y qué tiene que ver el hábito?

—Te calientas más cuando un grupo de ojetes te pone un costal encima para decirte que no puedes enseñar las chichis porque no te pertenecen.

—La Babis ora sí se proyectó —dijo otra—. No te apures, mi Babas, no vamos a permitir que unos ojetes te quiten tus calcetas de paso peatonal.

El día entero lo pasó tirada en la cama, pensando en lo que vio y sonriendo al recordar las cosas que habían dicho: "ese Alatorre es un mamón". Qué razón tenían.

En la tarde salió por comida y a darse una vuelta al taller mecánico. Su coche seguía desvalijado y el muchacho no estaba. Era la segunda noche. Si el mecánico tenía palabra, en dos días podría irse. Volvió al hotel pasadas las seis de la tarde y tomó una siesta. Despertó cuando ya era de noche y abrió la ventana, instaló en el buró la pachita y los cigarros y se sentó a esperar. Poco después las vio entrar, guiadas por los rastros de su propio desorden. Las vio saludarse, abrazarse y reír. Armar la fogata y sentarse en sus lugares. Podía ver sus caras y sus piernas brillar frente al fuego. Podía atender el rumor de sus palabras y percibir su presencia.

Alzó la mano la pechugona que el día anterior había contado la historia de sus chancros y se subió en la llanta. La de lentes le dijo que le tocaba Pablo Neruda, el primero de los veinte poemas de amor y la canción desesperada.

Berta no pudo hacer otra cosa que sonreír. Su propia experiencia se lo pedía. Había leído estos poemas mil veces.

—Hoy, pura letra mexicana —dijo alguna.

—Neruda es chileno —contestó Babis.

—Bueno, puro pinche tornillo latino.

—Eso sí. Ya pónganse a buscar tuercas porque al rato nos van a crecer penes. Sor Juana no puede ser la única.

—Ya cállense. A leer.

Poema 1

Cuerpo de mujer, blancas colinas, muslos blancos,
te pareces al mundo en tu actitud de entrega.
Mi cuerpo de labriego salvaje te socava [...]

Berta hizo unas notas.

—Guácala —interrumpió Babis—. *Mi cuerpo de labriego salvaje te socava*, es verso violador.

—No interrumpas, Babis. Comentarios al final —dijo la de los lentes.

—Lo digo porque luego se les escapan. Leen como si entendieran y dan ganas de llorar nomás de oír.

—Cállate, Babis.

La pechugona siguió y agregó movimientos de caderas.

Berta pensó que aquel poema jamás se había leído así, sin ningún respeto. El deseo de conocerlas le astilló el pecho. Podría contarles cosas. Que había otras poetas, por ejemplo. También quería decirles que lo que estaba sucediendo entre ellas era la antesala de un aquelarre. Un aquelarre poético. Desde niña pensaba en ellos, les inventaba mil caras, pero esta visión era precisa.

—Les voy a leer la primera página del *Laberinto de la soledad* —dijo Babis, mientras se paraba y empujaba a la pechugona fuera de la llanta—, pero en femenino. ¿Saben de qué hablo?

Berta adoraba ese libro.

—Nel —contestó alguna.

—Ignorantes de veras. Ahí les va. Traten de imaginar:

A todas, en algún momento, se nos ha revelado nuestra existencia como algo particular, intransferible y preciso. Casi siempre esta revelación se sitúa en la adolescencia.

"Por supuesto", pensó Berta.

Babis terminó la página, se bajó de la llanta y caminó alrededor del fuego. Las demás le celebraron el esfuerzo con aplausos.

—Babis, ese Paz no es morra aunque lo leas en femenino, además te vale madre la orden del día. Eso ni es poesía —interrumpió la de los lentes.

—Con Octavio no se sabe qué es qué, mi estimada.

—Pero reconoce que no porque leas en femenino deja de ser jodido que leemos a puro machín, menos la monja, que es como del siglo cuatro.

—Catorce, ignorante.

—Diecisiete, mensas.

—Igual es bien triste que el profe nos pase puro poema de varón.

—Judas, no empieces con la misma pinche historia de los batos esto y los batos lo otro. Nos vale madre.

—Sé menos pendeja. Los batos son el problema de la raza humana.

—Bájale un chingo.

Berta anotó en su libreta: *Recapitulación: Babis es la principal, la de calcetas de paso peatonal. La de los lentes que actúa como líder sindical es Judas. Es la segunda en el mando. La del cuerpote, pelo largo negro y el paliacate karateka es Márgara. La pechugona de los chancros: Futuro.*

Calcetas, paliacate karateka, lentes sindicales, pechugotas. Babis, Márgara, Judas, Futuro.

—Pónganle fecha a la sesión feminista porque hoy venimos a leer los de Benedetti.

Berta dejó la libreta y se asomó de nuevo. Las miró brindar con cervezas y revolotear alrededor de la fogata. La imagen era una sola, sin partes ni orillas. Veía un halo de alegría y desparpajo que rodeaba las figuras y recordó la luna de la noche anterior, pero no la encontró por ningún lado. En su lugar titilaban cientos de estrellas, entre ellas, las Pléyades, más brillantes que nunca.

Caía un chubasco tupido. Ligia acompañaba a Berta en la cama para darle las buenas noches, como era su costumbre desde que la niña nació. El agua contra las superficies se comía el sonido de las voces, pero a Berta no la callaba ni dios y acostada en su cama, con las cobijas hasta el cuello, contaba por enésima vez una anécdota escolar. No había terminado de hablar, cuando Ligia interrumpió.

—Ya sé, Bertita, que Popotes parece una muñeca de palo, que el novio es un mandilón, me lo has dicho sesenta veces. A callar, que tengo que contarte algo —Berta levantó la cabeza de la almohada y Ligia le pegó los labios al oído—. Sólo escucha la tormenta. ¿Escuchas? Es el murmullo del mundo.

—¿Me vas a contar otra vez la historia de tu mujer en la Zona del Silencio?

—Te voy a contar algo porque veo que te aburres cuando hablamos por las noches y no, no es la historia de mi mujer, aunque quizá, de algún modo peculiar, sí lo sea. ¿Estás lista? Vas a terminar la primaria y creo que ya debes saber algunas cosas. La abuela me contó algo muy raro en una noche como esta, en que caía una tormenta. Quizá por eso me acordé. Creo que debes saberlo. Me lo dijo hace mucho, antes de que tú nacieras, antes incluso de que tu mamá se casara con tu papá.

—¿Qué te dijo?

—Me dijo que era huérfana.

—Eso ya lo sé.

—Espera. Me dijo que era huérfana, pero que su madre no había muerto en el parto, como nos ha dicho siempre.

—No entiendo.

—Pon atención. ¿Te acuerdas, mijita, que tu abuela llegó de España en un barco? ¿Que luego conoció al abuelo y se casaron?

—Obviamente.

—Pues la abuela siempre dijo que su papá se murió en ese barco y lo echaron por la borda y que su mamá había muerto en el parto que la trajo a ella a este mundo, pero no fue así. A tu bisabuelo sí lo echaron por la borda, hasta donde sabemos, pero tu bisabuela Berta no murió en el parto, sino que desapareció.

—¿Berta, Berta? ¿Por la que me pusieron Berta?

—Esa misma, niña tonta, pues ¿cuántas madres crees que tuvo la abuela?

—¿Ese es el cuento?

—Esto no es un cuento, es algo que me contó tu abuela en una noche como esta y que creo que nadie sabe, salvo yo y ahora también tú.

—¿Y qué le pasó?

—Pues según tu abuela, la vieron por última vez vagando de noche por las calles de Llerena. Decían que andaba mugrosa y andrajosa, con sangre en las manos y que gritaba ¡Fermín Nebrija, mi Fermín, te han llevado, mi Fermín! —imitó a la mujer con un gesto de las manos y alzando el timbre de voz—. Mi Fermín —repitió con su voz normal y mirando al techo.

—¿Y quién era Fermín Nebrija?

—Eso mismo pregunté y la abuela me dijo que era el amante republicano de su madre.

—¿Qué quiere decir ser un amante republicano?

—Eso no importa, el caso es que me contó que después de esa noche, no la volvieron a ver.

—¿Jamás?

—Jamás.

—¿Ni a escuchar nada de ella?

—Nada, ni su nombre. Pero es suficiente por hoy. Duerme, que mañana tienes escuela.

—¿Cómo era mi bisabuela? Cuéntame más.

—Por lo que me han dicho, era un poco loca. Me recuerdas a ella, sin haberla conocido.

—¿Qué más sabes?

—Te cuento otro día. Anda, a dormir. Y ni una palabra.

Ligia apagó la luz de noche y salió del cuarto ondeando su bata blanca.

Por la tarde, Berta salió a comprar cigarros, atún con chícharos y unas tostadas para la cena. No le gustaban los restaurantes y se había hecho de un menú a base de latas y paquetes que compraba en misceláneas. Se distrajo viendo los aparadores de los negocios cercanos al Estival. Le gustaron las tiendas de chácharas con nombres rotulados a mano o impresos en una lona: *Regalos "Mary", Hilos y Telas "Hermanos Gonzaga", Papelería "Clip"*. En la puerta del dentista se leía sólo la palabra: "Dentista". No había un nombre, un título profesional, una certificación o algo que respaldara la práctica. Quiso entender algo sobre las muchachas a través de los letreros y sólo pudo pensar en que, como ellas, no ocultaban nada.

Volvió a su cuarto pasadas las nueve de la noche y escuchó el rumor de las voces. Apagó las luces y se sentó en la cama. Las muchachas tomaron sus lugares. Berta se quedó mirando y pensó, a manera de mantra: *Regalos "Mary", Hilos y Telas "Hermanos Gonzaga", Papelería "Clip"*. Estaban frente a ella y las escuchaba bien. "Cuántas veces en la vida pasa que tu situación conviva con otra, en la intimidad, sin que se mezclen", pensó. Recordó las camas del hospital en el que convalecía Ligia después del temblor, demasiado juntas, ocupadas por enfermos que respiraban con máquinas.

Se sirvió un tequila, encendió un cigarro y aguzó el oído.

—Este es de Nicanor Parra, otro chileno. Ahí les va —dijo Futuro:

Es olvido

Juro que no recuerdo ni su nombre,
mas moriré llamándola María,
no por simple capricho de poeta:
por su aspecto de plaza de provincia.

—Hijo de la verga —interrumpió Babis—, no sé qué me caga más: que no recuerde su nombre, que decida por sus huevos que se llama María, que se diga poeta en la tercera línea o que salga con la puta irreverencia de que tiene cara de plaza de provincia. Síguele, ándale.

—"¡Tiempos aquellos!".

Judas la detuvo.

—Nel. Ya no sigas por favor. Pobre Nicanor. Nació muerto. Vamos al siguiente.

Mientras Judas buscaba en la tabla con clip, las demás imitaban: "¡Tiempos aquellos!". Y luego se partían de risa.

—Toca Jaime Sabines.

—Ese es mexica.

—¿Cómo sabes?

—Una sabe cosas.

—Felicidades, pues. Sabes cosas —siguió alguna más—, ahí les va el más famoso del mexica:

—"Los amorosos" —dijo ella misma sin energía, para compensar el excesivo entusiasmo de "¡Tiempos aquellos!".

Los amorosos callan.
El amor es el silencio más fino,
el más tembloroso, el más insoportable.
Los amorosos buscan,
los amorosos son los que abandonan,
son los que cambian, los que olvidan.

Su corazón les dice que nunca han de encontrar,
no encuentran, buscan.

—A ver, morras —interrumpió de nuevo Babis—. ¿Qué problemas le ven a este dizque-poema?

—No nos dejas ni escuchar, Babas. Acá una tratando de conectarse y tú interrumpes con tus comentarios que ni al caso. Los culeros de tus hermanos ya te arruinaron para siempre la chanza de que un bato le hable bonito a una morra.

—Eso no es hablar bonito. Es una amenaza con cara de verso y mis hermanos ni a hombres llegan, ni saben hablar bonito, ni son nada. Sólo sirven para arruinarme la vida, pero volviendo al poema, qué declaración más pendeja esa de que los amorosos callan.

Judas rodó los ojos.

—No es una declaración, chingada madre, es un poema. Pendeja tú, que te crees todo lo que piensas.

"¿Qué harán los hermanos de Babis?", se preguntó.

—Ora. Escúchame: *los amorosos son los que abandonan, los que cambian, los que olvidan* —repitió mientras caminaba alrededor del fuego, enumerando los verbos con los dedos de una mano— es una concepción muy de la verga del amor, francamente. Me persiguen, aunque sea un culero que abandona y cambia y olvida, pero soy poeta y puedo decir cualquier sandez que me salga del pito. Berta sintió que las muchachas se desdoblaban, cobraban nueva vida.

—Quizá tienes razón, pinche Babis, pero tú misma has dicho que a los poemas hay que darles chanza porque dicen muchas cosas entre líneas y dependen también de cómo se leen. Hay que terminar el poema.

—¿Dónde dice que no se refiere también a las morras? —interrumpió Márgara—. Igual no es tan machista.

—Muy sencillo. Dice *amorosos*, no *amorosas*.

—Yo pienso igual que Babis —dijo Futuro— ese poeta está tratando de tapar sus chingaderas. Si dijera "los calientes son los que siempre andan buscando", ahí sí le creo.

Volvió al hotel después de visitar el taller. El coche estaba en condiciones parecidas a la última vez. Con el motor de fuera, como las tripas de un perro atropellado y un montón de piezas en una caja de cartón. El mecánico explicó que el carro era muy viejo y que apenas esa mañana había conseguido que le mandaran las piezas que necesitaba para su reparación. "Pregunté por aquí, en Gómez, en Matamoros, Parras, Saltillo y hasta en Monterrey. Un compa en Reynosa me las consiguió, pero de aquí a que lleguen, puede pasar otra semana".

Se estaba acostumbrando a las excusas del mecánico. Se encerró en su cuarto y jaló sus maletas de abajo de la cama. Tenía tres. Una con ropa, otra con una caja de metal con las cenizas de Ligia y la tercera con varios kilos de libros y libretas, amortiguados con pacas de billetes.

El efectivo estaba ahí porque semanas antes de morir, Ligia le ordenó que vendiera las cosas de la casa para pagar una operación que nunca sucedió.

Una cirujana mercachifles le había dicho que podría volver a caminar. Berta le dio por su lado, como tantas veces, y vendió todo, aunque sabía que Ligia jamás caminaría. Sus piernas eran como ramas caídas, pero su tía quería creer y no quiso quitarle esa ilusión. Cuando juntaron el dinero, Ligia le pidió programar la cirugía y Berta dijo que lo haría enseguida, pero no lo hizo. Se quedó leyendo hasta la madrugada. Al día siguiente fue a su cuarto a leer el periódico y la encontró tirada junto a la ventana, con los ojos muy abiertos y la sábana de pañal, como un niño dios. La ilusión de volver a caminar se la había llevado.

El recuerdo la entristeció. Se acostó junto a sus billetes, se replegó sobre las sábanas y hundió la frente en las rodillas. Pensó en la cama de su tía, más angosta que una cama individual, reforzada con barandales y equipo médico para inmovilizar sus piernas torcidas. Se imaginó a sí misma acostada ahí, sola, capada de cualquier habilidad, en una oscuridad peor que todas juntas.

La recepcionista tocó a la puerta, quería entregarle una toalla. Berta se paró de la cama y cerró la maleta a trompicones.

—¿Qué pasa? —preguntó asomando un solo ojo por el filo de la puerta.

—Hola, doña. Tome su toalla.

—Gracias, Francia. Me quedo unas noches más. Mi coche no está listo.

—Órele. Mañana le cobro.

—Otra cosa. ¿Escuchas a unas muchachas en la noche en el baldío? No me dejan dormir. ¿Tú las conoces?

—Las he visto por ahí. Son unas desgraciadas, pero no puedo hacer nada.

Berta entrecerró los ojos y se quedó un momento mirando la extraña anatomía de su interlocutora. Quería saber más:

—Me recuerdas a alguien. ¿A quién será?

Francia sonrió por primera vez, mostrando una colección de dientes que parecían brocas de taladro. Berta, en reciprocidad, abrió bien la puerta y mostró su largo cuerpo de perchero encorvado.

—Lo digo por tu cabellera, tan rubia y luminosa. Me hace pensar en las meninas de Velázquez —en realidad, la cabellera de Francia era de un color pardo y sin brillo, como el pelaje de un perro callejero y el falso piropo fue arriesgado, pero funcionó.

—Bueno pues. Ya me cayó bien. Muéstreme en su celular a mi gemela.

—No tengo celular.

—¿Cómo de que no tiene celular? Cómprese uno.

—Cuéntame algo, Francia, ¿sucede seguido lo de las muchachas del baldío?

—Si las viera. Son unas escandalosas.

Francia habló sobre las muchachas y se siguió de largo con el calor, los migrantes, la metalúrgica Peñoles, la leche Lala, el ferrocarril, las balaceras y el Santos Laguna.

—El Santos no distingue, porque no es de una ciudad, sino de toda la laguna; Gómez, Torreón, Lerdo y Matamoros. De hecho, Torreón y Matamoros están en Coahuila, y Lerdo y Gómez Palacio son Durango, por si no sabía. Quizá por eso la gente sí cambia de Gómez a Torreón, porque hay frontera entre estados. Hace como nueve o diez años hubo gresca entre los cárteles de Sinaloa, los Zetas y la policía federal cuando la supuesta guerra contra el narco, que aquí llamamos "guerra por quién se queda con el negocio". Los taxis son otro ejemplo. Los taxistas de Torreón no entran a Gómez. Si quieres ir, tienes que subirte al autobús. Puedes comprar cerveza en Gómez cuando cierran los expendios de Torreón, pero aguas con los policías. Si te agarran cruzando de Gómez a Torreón después de hacer la compra, te inventan que no puedes cruzar alcohol y terminan quedándose con las cervezas, tu dinero y todo lo que tengas en tu coche. A un amigo le quitaron su maleta del gimnasio y hasta el uniforme que le dieron en su trabajo, bueno, pero tengo que regresar a la entrada. Luego si quiere le cuento más o pregúntele a quien sea, todos aquí sabemos. Ahí tiene su toalla, si necesita otra cosa me avisa.

Durante una tormenta, Berta se despertó aturdida por una pesadilla. Abrió los ojos y le extrañó descubrir una figura negra y encorvada, agazapada en una esquina del cuarto, sosteniendo con una mano una veladora envuelta en un pedazo de papel encerado.

—Tía Ligia, ¿qué haces aquí?

—Hay cosas que necesito decirte, pero no las puedes hablar con tu mamá o con la abuela.

—¿Otra vez? —dijo casi dormida.

—¿Tú qué sabes de Llerena? Dime lo que sepas.

—Pues que la abuela es de ahí y que está en España —contestó mientras se incorporaba.

—O sea que no sabes nada, pues hoy aprenderás algo. En Llerena, según la abuela, había brujas, brujas-brujas, de las de verdad —dijo acercándose la vela a la cara y pelando los ojos.

—¿Cuáles son las brujas de verdad?

—Las brujas de verdad son mujeres que se creía que pactaban con el diablo y hacían conjuros. En la Inquisición las quemaban.

—¿Vivas?

—¡Claro que vivas! La gente les tenía miedo porque se decía que controlaban todo y la iglesia las quemaba como castigo ejemplar, los muy perversos. Cuando la abuela era chica, según ella, en su pueblo hablaban de una que fue mala, una tal Ana Cacereña que destripaba niños. Había otra de por ahí, que fue muy buena, que le decían la Pelona, que curaba con ungüentos y pociones. Ésa era la favorita de la abuela. Sabía usar las hierbas de Extremadura. La rosa de Alejandría, la ruda, la belfa, aunque la belfa era para envenenar. Los guerreros la ponían en la punta de sus flechas. Estaban Marisa Palo, Josefa Zarza o Zarpazo, algo así. Otra que le decían "la bruja del Casar de Coria", que bailaba en un claro del bosque en las noches de luna llena hasta que un ataque epiléptico la tomaba completa, espumaba por la boca y se desataban terribles tormentas.

—¿Cómo sabes todo eso?

—Adivina.

—Te lo contó la abuela.

—Sí.

—¿Y a ella quién se lo contó?

—Su madre.

—¿La que no murió de parto, sino que desapareció?

—Esa misma.

—Son puras mentiras. ¿Verdad?

—Probablemente.

—¿Qué más te contó?

—Que no es cierto que bailaban desnudas, que esas eran fantasías de curas, pero que sí bailaban sus danzas rituales en los aquelarres, que hacían fuegos secretos en las noches oscuras para invocar al diablo y que eran poderosas.

—¿Y qué más hacían?

—De todo. Desde sacar dientes hasta partos.

—¿Qué son los aquelarres?

—Reuniones importantes, los bailes y fuegos de los que te hablé. Trabajaban en cofradías. No era fácil que aceptaran nuevas integrantes. Tenías que probar tu valía.

—¿Cómo?

—Te miraban a los ojos y buscaban. Si sentías que adentro algo se te desprendía, te agarraban del pescuezo y apretaban. Si aguantabas y se te calentaban las manos hasta los codos, eras bruja, si nomás tosías y ponías cara de pollo estrangulado, te echaban.

—¿Y qué más hacían?

—Conjuros y pócimas para curar, para quitar la virilidad, abortos, echar mal de ojo, ayudar a los entuertos con las mujeres infértiles, con las malas vibras, hacían amarres de amor, cosas así.

—¿Y la mamá de la abuela era bruja?

—No lo sé, hija, no tengo idea.

—¿Quién era Fermín Nebrija?

—¿Tú qué sabes de Fermín Nebrija?

—Tú me contaste.

—Pues entonces ya sabes. No más brujas para Bertita. A dormir.

Ligia salió del cuarto ondeando su bata blanca y cerró la puerta. Berta se quedó en la cama con los ojos pelones. ¿Sería cierto? No sonaban como cuentos. Tal vez todo era cierto y su bisabuela había sido bruja-bruja y la tal Ana Cacereña destripaba niños y usaba sus intestinos para conjurar. Le atacó un dolor de estómago animal y se paró de la cama. Se fue al espejo en el baño a ver su cara, su mancha amarilla en el ojo de loba, su boca de lápiz. Quería saber cómo se sentía hacerse bruja. Le pareció que tenía cara de bruja, ojos de bruja, pelo de bruja y que el retortijón podía ser la prueba, el desprendimiento del que le habló su tía. Se puso las manos alrededor del cuello y apretó. Los ojos se le pusieron muy redondos y se le abrió la boca. Sintió otro estrujo en la panza y se aguantó lo más que pudo mirándose al espejo y apretando hasta que se le enrojecieron los ojos. La mancha amarilla se encendió como un cerillo. Se tocó los codos y los sintió calientes.

Mientras se preparaba para escuchar, pensó en cuánto le gustaría escribir algo sobre esas conversaciones que atendía de noche. Una crónica en la que narrara lo que sucedía en ese terregal, pero temía no ser capaz de describir esas escenas, mostrar lo rústico, lo vulgar y al mismo tiempo reconocer que, a la luz de sus concepciones salvajes, revelaban algunas verdades.

Por otro lado, le abrumaba pensar que mientras ella se divertía escuchando a las adolescentes y especulando sobre si eso constituía o no un aquelarre, su tía esperaba pacientemente en la maleta debajo de la cama. Le daba remordimiento que quisiera volar por los aires del Silencio mientras ella espiaba y que su dilación tuviera alguna consecuencia. La realidad era que, aunque hubiera querido, no se podía ir. El mecánico quedó en marcar al hotel, y aún no sucedía

Se estaba quedando dormida, cuando escuchó voces. Se levantó de la cama y corrió las cortinas. Las jóvenes ocupaban sus lugares, al centro de su ventana.

Se espabiló y se sentó en la cama. Con todo cuidado, abrió una lata de elotes y se la devoró.

Escuchó mencionar a César Vallejo, un poeta que le gustaba, sobre todo por esa famosa foto en la que aparecía pensativo y taciturno, recargado sobre su mano, con ese pelazo negro y lustroso de hombre maldito, pero no por su poesía.

Garabateó en su cuaderno una frase: *Las poetas, en cualquier contexto, hacen una sola cosa y eso es hablar de otros poetas. ¿De dónde habrán sacado a Vallejo? No es poesía escolar.*

Leyeron *Los heraldos negros* y se atacaron de la risa de nuevo con el histrionismo de Márgara: *Hay golpes en la vida, tan fuertes... ¡Yo no sé!*

Judas dijo que parecía merolico del tianguis, de los que venden rosita de cacao para el mal de amores y gritan: ¡Y sí sirve! ¡Y sí cura! ¡Y sí consuela!

El sonido se distorsionó, según la interpretación de Berta, para emular gente que se ahogaba y gente que reía con villanía; como se imaginaba cualquier aquelarre.

Tardaron en recomponerse y se movían como botargas. La conversación devino incoherente y aunque siguieron leyendo la poesía de Jaime Torres Bodet y de José Asunción Silva incompleta e interrumpida, Berta no pudo seguirlas. Intentaba escuchar, pero estaba fuera de sí, según ella, por los efluvios de la mota.

Un momento más tarde escuchó la voz de Babis introduciendo al que Berta consideraba el poema más astuto del chileno Vicente Huidobro:

Que el verso sea como una llave
que abra mil puertas.
Una hoja cae; algo pasa volando;
cuanto miren los ojos creado sea,
y el alma del oyente quede temblando.

"¡Eureka!", pensó Berta.

Babis explicó la métrica y la rima del poema y las demás fingieron interés y pretendieron entender con *ahhhs* y *ohhhs*.

Berta escuchó, sonrió, bebió, comió cacahuates y fumó hasta que se sintió borracha, se fue a la cama y se quedó dormida con su cuaderno de anotaciones atrincado entre las rodillas.

Las descripciones en las actas de defunción hablaban de asfixia y mutilación; la de su abuela de cercenamiento parcial. Soñaba que los torsos de sus hermanos salían de sus tumbas como tirados del esternón. Unos seres fantasmales cubrían a su abuela de basura y los gusanos le comían la panza, pero ella seguía hablando a gran velocidad de las alubias y el sofrito de tomate, usando sus refranes de siempre, sin saber que su cuerpo se descomponía en la basura.

En los sueños nada estaba muerto ni vivo, nada era susceptible de control, sólo estaba ahí, suspendido. Después del temblor, todo se redujo a esas presencias intangibles. No tenía con quién hablar de sus recuerdos, de la poesía, de las brujas, las pesadillas. No había fotos, testigos u objetos. No había certezas, ni mentiras, ni estructuras. Sólo palabras. Formas distintas de decir las cosas. Con el derrumbe de su casa y de su familia, el destino y el pasado se habían desdibujado y Ligia misma era una ausencia. Un cuerpo que le hacía recordar que no había quedado nada. En noches de inquietud, llegó a confundir su propia existencia con una aparición, como la que había presenciado Ligia en la Zona del Silencio. Para calmar su desasosiego, escribía cosas como esta:

Primera Guerra Médica (492-490 a. C.)

Consejos oníricos de los dioses griegos al Rey Persa.

No te fíes del mar, Darío
ni encumbres al viento todavía
que mañana mi tormenta regirá el rumbo de tus naves
y el viento llevará sólo el eco de tu nombre
y el mar no será otra cosa que distancia.

Te hallarás perdido.
Tu espada vivirá la derrota triste.

Le tocó compartir lona y petate con una mujer de nombre Verónica en un campamento en la colonia Lindavista que el gobierno capitalino facilitó para cientos de personas damnificadas. Verónica también había perdido a su familia y aunque era apenas dos años mayor que ella, se veía demacrada y vieja, como si su cara hubiera absorbido las penas.

Entre las dos mantenían limpio y seco el espacio y administraban algunos préstamos y rentas de ollas y platos que cada una había conseguido durante los días posteriores al terremoto. Berta se preguntaba si sus propios ojos se verían tan tristes como los de Verónica. Se miraba en un espejito de mano que compartían, primero un ojo y luego el otro. Parecían normales. El espejo se perdió, pero Berta pudo verse en las caras de los otros. Al hablar con ella para solicitar una sartén o una extensión eléctrica, bajaban la mirada. Algunos le tomaban la mano y apretaban. Al principio se resistía a creer que su cara comunicaba tanto, pero se acostumbró. ¿Quién era Berta Gaspar? La huérfana que perdió todo en el temblor. ¿Y los demás? También huérfanos, también perdieron todo. Las caras eran los verdaderos espejos.

Juntas sacaron adelante el horror del primer mes y experimentaron la miseria y la pérdida de la alegría. Verónica lloraba por las noches por su bebé muerto y Berta la consolaba con una mano en el hombro y ninguna decía mucho. A veces Verónica desaparecía durante varios días y noches y volvía en las peores condiciones imaginables. Berta hubiera preferido que no se fuera, pero pronto entendió que no había nada qué hacer o decir, no había consuelo en las palabras ni lecciones qué aprender. Sólo llanto, silencio y de vez en cuando, botella.

Algunas noches, después de tomar, se tocaban debajo de la sábana. Verónica le mordía las orejas. "Ándale, méteme mano, me hace falta" le decía en lo que le acariciaba la ingle y Berta le tocaba los pechos, le besaba las costillas, le acariciaba la vagina por encima del calzón y Vero le empujaba los dedos.

Berta se espantaba y se alejaba. "Ni para fajar sirves. Vete a tu catre", balbuceaba Verónica.

Berta caminaba todos los días al Hospital General a ver a Ligia. Lo único que tenía era su uniforme de la escuela de enfermería, con el que inicialmente confundió al personal y consiguió gazas y desinfectantes que luego vendió en el campamento. Cada trayecto le tomaba dos horas y media y en el Hospital se pasaba otras tres o cuatro, pajareando por los pasillos o leyendo junto a la cama de Ligia, contándole que los demás habían muerto y que sólo sobrevivieron ellas dos o que tenía una nueva amiga, que quizás era más que su amiga y no sabía si lo que sentía por ella estaba bien o mal.

Cuando nadie veía, se daba un regaderazo en un área restringida para enfermeras o se comía los desperdicios de la charola de algún paciente. Ligia estaba medicada y sólo de vez en cuando levantaba una mano torcida o soltaba alguna palabra, algún suspiro, pero en general no se movía, ni abría los ojos o la boca.

Una mañana levantó la cabeza de la almohada, abrió los ojos y dijo el nombre de Berta. Habían pasado casi seis meses desde su internamiento. La enfermera mandó traer del baño a Berta y entró corriendo en la habitación, con el pelo empapado y los pantalones desabrochados.

—Berta, busca al señor Miranda —dijo Ligia. *Señor Miranda*, apuntó Berta en un papelito—, es el que lleva el dinero de tu abuelo. Su número está en la sección amarilla: Raúl Miranda Báez, contador público. Dime cuánto hay.

—¿Cómo te sientes?

Ligia la miró, pero ya no dijo nada. Suspiró, cerró el ojo y pronto se quedó dormida.

Berta dedicó un mes a hacer las diligencias financieras y le sorprendió descubrir que su familia tenía varias cuentas de ahorro y algunas propiedades en Veracruz. Cuando llevaba noticias al hospital, Ligia contestaba con gestos o daba alguna orden de seguimiento. Así fue, poco a poco, recobrando la conciencia. A fuerza de necesidad y sentido del deber con Berta. No quería vivir, pero no concebía a su sobrina sola en el mundo, sin alguien con quién compartir la pena.

"Si ella no hubiera sobrevivido, tampoco yo", decía de vez en cuando con su voz metálica. Las enfermeras se sentían conmovidas y hacían gestos de admiración y ternura, como si la frase fuera de esperanza, pero Berta sabía que la frase no tenía nada que ver con la esperanza.

El dinero alcanzaba para comprar una casa y había que hacerlo con cierta urgencia. También había recursos suficientes para pagar la manutención de ambas por un buen tiempo, más la indemnización del gobierno, si algún día llegaba.

Ligia puso condiciones: que la casa estuviera a pie de calle, lejos de la colonia Juárez y que no se pareciera en nada a la que tuvieron en Berlín dieciocho.

En avenida las Flores en la colonia Tlacopac, a diez kilómetros de la Juárez, Berta encontró una casa con jardín, espaciosa, una construcción sólida de ladrillo, de techos altos y acabados de piedra y talavera. Parecía el casco de una hacienda. Era excesivo para ellas dos y por eso mismo, perfecta para albergar fantasmas.

El alta médica llegó en la forma de una nota rosa pegada en el peto del babero que le habían amarrado al cuello:

Instrucción:	Alta médica.
Nombre:	Ligia Pargo Burgos.
Edad:	Treinta y ocho años.
Diagnóstico:	Paraplejia.

—Buenos días, querida Francia —dijo mientras sacaba un manojo de billetes del fondo de su bolsa—, te pago la noche de ayer.

—¿Escuchó a las tipas esas?

—Sí, las escuché muy bien.

—Quién sabe qué hacen ahí tan tarde. Seguro se juntan nomás a drogarse.

—Se juntan a leer poesía —contestó Berta con una gran sonrisa. Francia soltó una carcajada.

—Qué chistosa, oiga, esas no saben ni leer. ¿O puedo hablarle de tú?

—Puedes.

—A mí dime Francis, si quieres. Esas morras sólo buscan problemas. Todas las que van al Colegio Ateneo son unas lacras. Es la escuela de aquí enfrente.

—Las escuché ayer y también hace dos noches, Francis, se juntan en el terreno a leer poesía.

—¿Qué poesía van a saber?

—Leyeron a Octavio Paz. ¿Sabes quién es?

—Ni idea. Seguro tú sí. Hice el aseo de tu habitación y vi que tenías muchos libros. Has de ser bien intelectual.

—Me gusta leer, como a las muchachas.

—Tengo Nescafé. ¿Quieres uno?

Mientras Francia hervía el agua en una estufa eléctrica oculta dentro del mostrador, Berta le preguntó si le gustaba el trabajo en el hotel.

—Ni sé. Nunca he tenido otro. Este hotel es de mis papás. Yo nací aquí, con una partera menonita que mi mamá encontró. Dice mi mamá que sin ella me hubiera muerto.

Berta hizo cara de sorpresa y por pura educación, preguntó hacía cuánto había sucedido tan afortunado evento.

—Veintidós años —Francia aprovechó para contarle que había nacido prematura, de seis meses y medio y luego le narró la historia de sus padres expulsados de la comunidad menonita, su llegada a Torreón y cómo se hicieron con el hotel Estival, que sólo tenía siete cuartos, pero que daban mucho trabajo.

—Ora te toca. Cuéntame de ti. Quiero saber tu historia.

Berta ponderó qué tanto contar mientras daba sorbos al café. Francia era una persona peculiar. Bien vista, una amiga en potencia. No tenía dificultad para escuchar y menos para hablar. La conversación de la tarde anterior la dejó aturdida, pero fue sincera y Berta valoraba esa cualidad.

Decidió contarle lo necesario para explicar su situación; que su tía lisiada había muerto hacía un mes y que arregló los asuntos de la casa y emprendió el viaje hacia la Zona del Silencio para esparcir sus cenizas.

Francia quiso saber cómo había muerto la tía, por qué estaba lisiada, cómo era su casa, si tenía hermanos, por qué traía tantos libros, cómo se llamaba su colonia y por qué había decidido parar en Torreón.

Hacía años que Berta no platicaba su historia.

—Si me das más café, te cuento.

Francia sirvió y se sentaron en un sillón junto a la ventana del vestíbulo.

—Los libros me gustan mucho. Me acompaño de ellos. Las historias me interesan. La que me enseñó de libros fue Ligia, mi tía, que en paz descanse. Llevo sus restos a la Zona del Silencio. Por eso estoy aquí.

—Ah, cabrón. Ya entiendo. ¿Y qué más?

—Cuando yo era chica, Ligia y yo leíamos las mismas cosas y las comentábamos. Ella me decía qué leer. Mis abuelos también leían y a veces platicábamos. Luego vino el temblor y todos murieron, menos Ligia y yo. Ligia quedó mal y me hice cargo de ella.

—Lo siento mucho. Qué feo. Ni sabía del temblor esc.

Berta, acostumbrada a los pésames difíciles, le contestó con media sonrisa y asintiendo con la cabeza, para seguir contando que Ligia y ella pudieron recuperar los libros de la familia gracias a que semanas antes, habían llevado casi toda la sala y la biblioteca a una bodega en la colonia Tabacalera. Su mamá le había dicho que harían reparaciones en el departamento.

—Ligia quedó tuerta y lisiada y paró de hablar casi por completo. Con el tiempo fue perdiendo la vista. Yo leía lo que me pedía y luego lo que me daba la gana. Antes del temblor, Ligia me escribía cartas. A veces me las daba en la mano y otras las escondía en distintos lugares de mi cuarto. Me encantaban. Era como vivir en un acertijo. Aún conservo la última que me escribió y una más que se salvó del temblor, oculta en un libro en la bodega.

Ciudad de México, a 4 de abril de 1976

Berta chula:

Me encontré a la vecina hace unos días. Me dijo que te había visto jugando en el estacionamiento con tus muñecas y que cuando te preguntó a qué jugabas, respondiste que al aquelarre. Me dio gusto saber que las cosas que te cuento no van a dar al vacío. Sólo acuérdate que no puedes hablar con nadie de lo que te platiqué. Si te preguntan, es mejor mentir. Di que a la casita, al té, a la escuelita, a cualquier otra cosa. Si se entera la abuela, me mata. Y lo último. Rompe en pedacitos este papel y haz fuego en tu lavabo. A ver qué pasa.

Tu tía que te adora

Tocó con la mano sobre su cama junto a su cuerpo y sintió la botella. Abrió un ojo y encontró también varios libros y hojas arrancadas con algunas anotaciones ininteligibles. Poemas de *Los Cantos* de Ezra Pound y páginas de una Biblia que encontró la noche anterior en la habitación. Le dolía la cabeza y la boca le sabía a tequila. Estiró las hojas con las manos y las colocó en una pila sobre el buró mientras intentaba recordar con qué propósito las había arrancado. Encendió un cigarro y buscó en su libreta alguna pista. Encontró algunas referencias a la Biblia, los apodos de las muchachas y algunas notas ociosas como: *!!!* Se acordaba vagamente de haber escrito algo después de que las muchachas abandonaran el terreno y se topó con unos pocos versos borrachos y un intento de apología para el acto de espionaje. *Espiar para vivir,* llevaba por título. Lo cruzó con una línea. Páginas adelante encontró el texto que buscaba:

La pira negra, voces femeninas, humo: Pléyades, mujeres, hermandad de astros, barro que brilla, luminosa redoma, Pablo Neruda, pétalo a pétalo se formó tu hermosura. El espíritu de Juana bamboleando en la llanta y en las puntas de las flamas. Poesía, carcajadas, la luna otra vez. La rosa de Alejandría, la ruda, la belfa, vidas pasadas, palabras, mujeres ritualistas abrevando del arroyo oculto en los libros, empapadas de negro. Palabras serpenteando en su interior, escupiendo, pariendo culebras. Tierra en los zapatos, pies hinchados, doloridos, cuerpos, mi cuerpo de labriego salvaje te socava es verso violador. Menstruación, violencia, alcohol, desvelones, mala comida, ropa que no les queda, ropa sangrada, ropa para otro cuerpo: calcetas. Calcetas en días a cuarenta grados, cuarenta grados, siete grados, ocho punto un grados en la escala Richter. Otros cuerpos, cuerpos corriendo, cayendo, volando, mis hermanos gritan, la abuela cae por la grieta, se incendia la cocina, el piso colapsa, el techo amenaza, la lámpara cae sobre Esteban, que grita y se calla, quizás esté muerto, piensa mi madre y grita su nombre y mi hermano menor reanuda su llanto, tres minutos de ajustes tectónicos, un piso sobre el anterior, luego el siguiente, hasta que todo cae y los pisos parecen rebanadas de pan Bimbo bien dispuestas en su bolsa, los cuerpos rotos de Gimeno y Esteban, personas perdidas, caras cubiertas de polvo, niños, ancianos, un bebé. Verónica corre por las vías del metro. Carne rostizada. Alguien busca a sus hijos, alguien dice que los vio y resulta que no eran, un autobús volcado bloquea el paso y para cruzar la calle hay que asirse a las ventanas y ver cadáveres de pasajeros, cadáveres de viajantes, cadáveres. Una pipa de gas explota en la colonia Guerrero. El suelo se abre apocalíptico, se desdoblan los muros, la ciudad sufre una embolia y sólo queda la poesía, la falsa puerta que abre heridas nuevas e impide que cierren todas, lo contrario al remedio, al ungüento, a las friegas, las ampolletas, las jeringas, los baños de asiento, las sábanas con manchas amarillas, materia fecal, pus, sangre, cintos en las piernas para que no se caiga o se aviente mientras le friego la espalda, excreciones apestosas por el extremo del lagrimal, la comida licuada, los insultos, el cuerpo marchito, todo marchito: el árbol, el rosal en el jardín, las glándulas, las horas, las semanas, la casa, los muros, enemigos inmóviles, silentes, muros asesinos de niños, muros de agua derramada, disparada con Kärcher, agua, líquido vital que en la laguna no cae pero envenena, líquido envenenado, azoteas, perros partidos en dos, un terreno incrustado entre edificios, hexágono irregular, humo, voces femeninas, la pira negra, centellas voladoras, brujas en apoteosis, Pléyades, mujeres, hermandad de astros, barro que brilla.

Los trámites de compraventa de la casa tardaron dos meses. Durante ese tiempo se instaló con Ligia en un hotel cerca de la casa nueva para supervisar las remodelaciones que el propio vendedor le había recomendado y ella, sin mucho criterio, aceptó. Pensaba en volver al campamento a buscar a Verónica e invitarla a vivir con ellas, pero entre la remodelación, los asuntos financieros y la salud de Ligia, apenas tenía tiempo para comer y dormir.

Había pensado en darle uno de los cuartos de abajo a cambio de que le ayudara con los cuidados de su tía. Si lograba convencerla de ir con ella a la casa, aunque fuera una noche, podría darle de cenar algo caliente, ofrecerle una cama limpia, entre cuatro paredes, alejada del mundo de las calles. Berta tomó la habitación del segundo piso. Hubiera preferido estar a nivel de calle, pero lo hizo para que Verónica y Ligia pudieran instalarse en la planta baja y sentirse más seguras.

Finalmente se mudó a la casa nueva, instaló a su tía y fue a buscar a Verónica al campamento. Había pasado mucho tiempo desde que la vio por última vez y se reprochaba a sí misma, pero se consolaba pensando en que, si no la encontraba de inmediato, podría ir a su encuentro a través de conocidos en común.

No fue así. En el campamento nada era lo mismo. La mayoría de la gente a la que había conocido ya no estaba y ahora había otra calaña de damnificados. "Mucho gandalla" le dijo la mujer de las tortillas. "Tu amiga se habrá ido a otro lugar porque aquí nomás tienes que estar a las vivas para que no te roben tus cosas". Reconoció a otros pocos, que no le supieron dar razón. No sabían de quién les hablaba. No la recordaban o pensaban que se trataba de alguien más. "Verónica Garcés, de mi edad, estatura normal, pelo negro, boca grande". Nadie sabía nada.

La lona que habían compartido ahora estaba tomada por indigentes que inhalaban algún solvente. Acostados sobre los petates, parecían una colección de trapos y pieles secas, peludas, malolientes y pensó que entre ellos podía estar Verónica. Los trató de mover con la mano para ver sus caras. Uno de ellos se giró boca arriba, mostrando medio cuerpo desnutrido. Sobre las cobijas que habían sido suyas y de Verónica había una mujer en cuclillas que parecía estarse quedando dormida. Berta le preguntó si conocía a Verónica y la mujer le aventó a la cara una lata sucia con colillas y lo que Berta dedujo, eran escupitajos. Se limpió la cara y se fue de ahí. Vagó por el campamento un rato, preguntando a toda la gente que pudo, hasta que se hizo tarde y la de las tortillas le dijo que se fuera porque le iba a pasar algo. En el campamento asaltaban a los advenedizos.

Berta fue muchas veces al campamento a buscarla. Fue a las calles aledañas, al sitio en el que había estado su edificio e incluso al panteón de Dolores a revisar las listas, pero Verónica Garcés Morales había desaparecido.

Pensaba en esas madrugadas en las que llegaba tambaleándose y con ganas de quemar todo y ese recuerdo se encaminaba solito, como agua que encuentra una grieta, a la imagen de Berta, su bisabuela, vista por última vez sucia y enloquecida, vagando por las calles de Llerena.

Volvía a su casa devastada, desesperada y mientras preparaba curaciones para Ligia, hablaba sobre Verónica con un nudo en la garganta.

—¿Por qué la dejaba irse, si la veía tan mal? Vero lloraba y yo pensaba: "aguanta, carajo, como todos los demás", pero ella no aguantaba. Había perdido a su bebé y eso, según me dijo, no se puede soportar. Yo no lloraba cuando estaba con ella, quizá porque estaba con ella. Vero decía que llorar era la única forma de sobrevivir una desgracia así. Yo la invitaba a pasear o a comer algo para distraerla y ella contestaba que no, que quería dormir y si acaso, sentirse peor, nunca mejor, porque si se sentía mejor, le faltaba al respeto a su bebé. Luego me decía "yo me muero de esta, Berta. La única pregunta es cuándo". Yo la quería.

Me hubiera gustado que fuera mi novia y cuando estábamos juntas, sentía que ella también me quería.

Aunque no la localizó, tenía la intuición de que estaba viva y algún día la encontraría. Le preparó su cuarto con una cama amplia, para estar con ella. Se imaginaba desnuda ahí, acariciando su pelo negro. Instaló cortinas traslúcidas para que entrara el sol y macetas con plantas para que no se sintiera encerrado. Una hoja elegante y un helecho. Compró un póster de las Flans y dos de los casetes que escuchaban en el campamento.

Junto con su familia y las brujas de Llerena, Verónica se volvió una más de las presencias fantasmales, sin referentes, sin pruebas de previa existencia, pero a diferencia de los otros, que eran puro pasado, Verónica representaba un puente hacia un lugar imaginario en el que compartían la posibilidad de la vida después de la muerte.

Supuso que había escrito así por espiar a las muchachas. Algo misterioso le habían transmitido. Ese texto era el resultado de un trance y por eso no recordaba de dónde le vino. Tal vez había tenido una conexión mística con ellas, una forma de entendimiento que le pasó por encima de la conciencia. Probablemente eran ellas las que habían escrito a través suyo. No lo sabía, pero no lo descartaba, porque a pesar de la cruda, se sentía tomada por una energía tan intensa que bien podía ser una conexión mística, la misma inquietud, la misma búsqueda que su tía muerta atendía al pedirle esparcir sus cenizas en la Zona del Silencio.

Leyó de nuevo. Las imágenes hicieron que le doliera detrás del esternón, entre los pulmones. Si cerraba los ojos, podía ver a su abuela rodar por el piso y caer por una grieta, escuchar los gritos de Esteban y de Gimeno, ver el cadáver descuadrado de su madre como el de la Coyolxauhqui y las varillas con pedacería humana ensartada como brochetas. Pudo recaudar ahí mismo todo ese odio soterrado que sentía por Ligia, a la que culpaba, silenciosamente, por su propia desgracia.

Concluyó que ese texto era una especie de dictado mágico, que no aspiraba a ser una cosa concreta. De hecho, no era mucho más que una lista de asociaciones libres, pero por influencia de las adolescentes, tenía una cierta magia. Resonancia en el misterio. "Ideas sueltas de cola larga, encimadas, moviéndose por la página", pensó. Decidió titularlo: *Culebras negras.*

Se paró de la cama y respiró profundo en un intento por despejarse. Quería separar el placer que le daba leer las notas, del horror que narraban. Trató de pensar en otra cosa y sólo una insistía: el terreno.

Se sentó frente a la ventana y miró. El mundo parecía haber suavizado sus orillas y aclarado sus colores. El terreno era, en efecto, un hexágono irregular, como lo había descrito en *Culebras negras*, aunque también era una trampa de montículos y basura. El sitio en el que hacían la fogata era un hoyo negro entre cráteres y colinas. A unos metros de la fogata había un tambo azul, lleno de basura, con otro poco tirado alrededor. Junto al tambo una llanta de tractor, roída por el sol. Atrás, hacia la salida, una palmera que creció chueca y se recargaba en una montaña de adoquín abandonado y más basura. Cascajo y material de alguna construcción.

—¿Cuándo habré contado los lados del terreno? —balbuceó en voz baja mientras se arrancaba unas canas de la coronilla.

Cada tanto se asomaba por la ventana y contaba de nuevo los lados. Quería convocar el momento en que lo había hecho por primera vez. "Quizá lo adiviné, con mis poderes adivinatorios", pensó mientras sonreía. Se imaginó como la bruja del Casar de Coria, en trance, bailando en el baldío con la luna llena.

Cada vez que se asomaba, estudiaba de nuevo las cosas: tambo, palmera, montaña de adoquín, cráteres, basura, ciudad saqueada, una rata que husmeaba entre bolsas de papas.

Ordenó el cuarto, se bañó y se vistió con una bata color hueso que había convertido en vestido al cortarle las mangas y ponerle un prendedor de pájaro en la solapa. Transcribió unos poemas y escribió en su libreta:

Con excepción de sor Juana y Huidobro, la poesía que leen es un lugar común tras otro; o dicho de otro modo, poco afín a sus necesidades poéticas, si acaso puedo deducirlas a través de las escuchas. Creo que puedo aportar nueva poesía a sus sesiones y así alimentar nuestra comunicación espiritual y de paso, nutrir Culebras negras.

"Eso exactamente voy a hacer", pensó. "Aportar nueva poesía".

Del otro lado del terreno podía verse un tinaco Roto-plas sobre un techo con remate de vidrios rotos y unos zapatitos de bebé colgados de un cable. Le excitó la idea de caminar hasta el terreno y pisar la tierra en la que las jóvenes llevaban a cabo esas reuniones que aún no sabía nombrar. Salió de su cuarto, le sonrió a Francia sin detenerse y al dejar el Estival, viró a la derecha. En el puesto de la esquina se atragantó dos gorditas de chicharrón y se tomó una Coca-Cola en lo que revisaba un par de libros en busca del poema perfecto para dejar en el baldío y que las adolescentes hallaran esa noche. En su imaginación, el momento del hallazgo sería fastuoso, una gran revelación.

En una compilación de poesía centroamericana encontró algo que podía funcionar, de la constante Gioconda Belli: "No me arrepiento de nada" era el título del poema. *"Je ne regrette rien"*, dijo en voz baja mientras tomaba Coca-Cola y leía el poema. Lo re-leyó varias veces, se convenció y arrancó la página del libro. El poema no le gustaba mucho, pero la pedagogía funcionaba porque se trataba de una voz renuente al *statu quo*, una rebeldía directa y sencilla contra el estereotipo de feminidad que las adolescen-tes rechazaban, o por lo menos Judas. También fue lo único que encontró a las prisas.

Pagó su comida y siguió su camino. En la si-guiente esquina viró de nuevo a la derecha y buscó las referencias que había visto por la ventana: los za-patitos y el tinaco. Se acercó. Al fondo de un espacio entre edificios, se veía la pared de tabicón del hotel, acribillada de heces de paloma. Respiró profundo, caminó por el pasillo y llegó al terreno. Rodeó la palmera y esquivó la basura hasta llegar al cráter. Se acercó a la pared y comprobó que la ventana de su cuarto casi no se veía. Miró los objetos tirados y los estudió como si fuera un ejercicio forense. Tomó unas colillas, las olió y las guardó en un pañuelo. Se acercó al tambo de basura y lo espulgó con un palo. Se sentó en la llanta y sacó de su bolsa la hoja arrugada y la estiró. Usó un pedazo de ladrillo como pisapapeles y se quedó un rato ahí, viendo a su alrededor, incrédula de que ese lugar tan feo se transformara en el recinto donde esas muchachas leían poesía.

Salió del terreno temerosa de ser vista. Sentía la clandestinidad del acto en el corazón, como si hubiera robado. Se encaminó al estanquillo a comprar una Tecate para curarse el trago de la noche anterior y de paso una pachita de tequila. Caminó por las calles aledañas, dejándose ahora sí encandilar por la vida de turista y pensó en todo lo que había escuchado, en lo que había visto. La naturaleza de una vivencia así no le quedaba clara.

Regresó al hotel y tomó una siesta. Despertó contenta y esperó a oscuras, sentada sobre la maleta en la que viajaba Ligia, mientras bebía su cerveza de la lata y su tequila en un vasito con forma de sombrero vaquero que Francia le había regalado. En su mente pululaban los versos de Gioconda: *Desde la mujer*

que soy, a veces me da por contemplar, aquellas que pude
haber sido.

Las adolescentes llegaron cerca de las diez de la noche y la rutina de saludos y risas se repitió. Márgara cargaba dos cervezas caguama y con trabajos sostenía entre las manos una pila de periódicos.

—Me los encontré tirados en la esquina —explicó mientras los dejaba caer junto al sitio donde hacían la fogata.

—Seguro están meados —dijo Futuro.

Se colocaron en sus lugares y acomodaron sus cosas mientras platicaban sobre una tarea en equipo que les había dejado el profesor de Historia. Futuro se quejaba de ser la única a la que le importaba el trabajo y de que terminaría haciendo todo y compartiendo la calificación con los huevones que le habían asignado. Babis le dijo que no fuera chillona. Que hiciera el trabajo o que amenazara a sus compañeros con partirles la madre si no hacían sus partes, pero que no se quejara porque era deprimente escucharla.

—¿Esto qué es? —preguntó Judas, señalando la hoja que Berta había dejado sobre la llanta. Berta se paró frente a la ventana en preparación de su gran momento. Babis y Futuro siguieron discutiendo mientras Márgara reía—. Están bien pendejas las dos.

La fogata tiró el flamazo acostumbrado y Judas repitió la pregunta:

—¿Esto qué es?

Como ninguna contestó, Judas levantó el papel, lo hizo bola y lo aventó en la fogata.

Berta se quedó atónita. No había sentido ni una pizca de curiosidad, ni se preguntó qué hacía ahí una hoja de papel extraña.

Una ola de frustración le escaló las piernas y se sentó otra vez en la maleta a darle un buen trago a la botella. "Hijas de la chingada", pensó.

Las muchachas instauraron la sesión. Hablaron sobre si debía considerarse que el reguetón tenía su poesía mientras Berta bufaba, enojada y caminaba por el cuarto. Estaba frustrada porque lo que quería era conocerlas, verlas de frente y hacerlas leer el poema de Gioconda Belli. Quería decirles que el reguetón no era poesía, pero que había un mar de poemas esperando.

Se fumó un cigarro frente al espejo. Se asomó. Las muchachas bailaban reguetón.

—Chingue su madre, voy a conocerlas.

Se peinó un poco, se estiró la bata y salió de su cuarto. Se había terminado la pachita y estaba borracha y eufórica otra vez, con la menopausia adormecida y dejándose llevar por la idea de que la conexión mística con las muchachas controlaba sus actos.

—¿A dónde vas tan tarde? —gritó Francia desde el mostrador.

—A conocer a las muchachas del baldío —contestó sin parar de caminar.

—¡Te van a espantar! —gritó Francia, pero Berta ya había desaparecido por la puerta y caminaba por la calle.

Lo peor que podía pasar era que se burlaran de ella y la echaran. "Grave sería no intentarlo", susurró mientras caminaba y respiraba el aire caliente con su textura erótica.

Dobló la esquina y se acercó a la boca del pasillo, cerrando bien los puños. En uno guardaba el caballito con forma de sombrero vaquero y en el otro un libro de Dulce María Loynaz. Caminó por el pasillo, salió por el otro extremo y se plantó en un sitio oscuro, donde nadie la veía. De momento las muchachas no se percataron de su presencia y siguieron hablando. Berta sintió un acicate en la boca del estómago y quiso echar marcha atrás, pero no pudo; cuando iba a dar media vuelta, Futuro ya estaba mirando en su dirección y pegó un grito.

—¿Quién anda ahí? ¡Sáquese perro!

La miraron. El tiempo se detuvo, se infló, desapareció. Berta intentó mantener la calma, por lo menos de la piel hacia fuera. Por dentro las tripas se le volteaban, las uñas le crecían desaforadas y no pudo hablar, sólo agachar la cabeza y levantar la mano en señal de paz.

—¿Que quién anda ahí? ¿Qué quieres? —preguntó alguna de ellas a gritos.

—Las vengo a conocer. Quiero ofrecerles poesía —dijo con la voz pellizcada por los nervios. Las muchachas se carcajearon.

—Lo dice en serio —dijo Judas mirando a las demás.

—Mejor sácate. No te vaya a pasar algo —amenazó Babis, apuntando en su dirección con un palo.

—Ande ñora, váyase —siguió Futuro.

De un momento a otro, las palabras se sentían como balas y las mujeres perdieron sus contornos y parecían una turba violenta.

—Les ofrezco poesía.

Las jóvenes soltaron una nueva carcajada.

—Ya le dije bonito, ora va al chile: a la verga o la saco de los pelos.

—Bájale, Babis, quizá la señora está malita —los ojos de Judas reflejaban el fuego y se burlaba de ella con el gesto:

—Díganos, señora, ¿en qué podemos ayudarle?

Debía irse y lo sabía, pero no quería, porque pensó que no tendría otra oportunidad y aún le quedaba un poco del valor que la había incitado a conocerlas. Quería reclamarle a Judas que hubiera lanzado a la fogata el poema que había escogido especialmente para ella. "Te hubiera encantado", pensó, pero se aguantó las ganas de decirlo.

—Quiero proponerles poesía nueva. Si no les convence, me voy —ondeó el libro con su mano derecha. Parecía un rollo de papel de baño.

Abrió el libro y leyó con la voz inestable:

Si me quieres, quiéreme entera,
no por zonas de luz o sombra...
Si me quieres, quiéreme negra
y blanca. Y gris, y verde, y rubia,
y morena...

Las jóvenes se miraron entre ellas.

—Si es testigo de Jehová, no nos interesa —dijo Judas —. Somos narcosatánicas.

—No. Nada de eso. Sólo que las escuché leer poesía y pensé…

—Esta qué nos sabe —interrumpió Babis— vieja chismosa. ¿Cuándo escuchaste, chismosa? Y corriste a tu casa por un libro o qué. No mientas, demonia. Sácate o te parto tu madre, pinche chismosa.

—Si quieren les dejo este ejemplar.

—Así empiezan. Ésta nos quiere pa prostitutas.

—Nada de eso, vengo en buena lid. Quiero ofrecerles poesía.

—"En buena lid", hazme el puto favor, pinche loca, qué estás vendiendo, esta no me la sé, le voy a llamar a la patrulla.

—Babis, no mames —dijo Judas—. Señora, ¿está perdida? ¿Tiene algún medicamento? ¿Quiere que llamemos a sus parientes? ¿Cuál es su nombre?

—No estoy perdida ni estoy loca.

—Entonces sáquese a la verga.

—Muchachas, tengo libros y poemas que no han leído. ¿No es lo que quieren?

—¿A ver su libro? —preguntó Futuro estirando la mano. Babis le dio un palazo en la mano y le dijo que por ningún motivo tocara ese libro. Futuro le devolvió una patada en la espinilla y se insultaron mutuamente. Berta aventó el libro al piso cerca de los pies de Futuro y dijo que lo dejaba ahí, por si querían revisarlo después. Babis le gritó a la cara, apuntándole de nuevo con el palo, que no eran perros hambrientos, como para que les aventara comida a la jaula.

—Allá ustedes — dijo Berta, dando pasos atrás— sigan disfrutando los poemas de Benedetti y de Neruda. Ya casi llegan al que dice *Me gusta cuando callas.*

Babis se lanzó hacia ella con su palo como espada y Berta sólo tuvo tiempo de recogerse el vestido y correr hacia el pasillo.

Salió del otro lado con el corazón agitado. Babis ladró y gruñó desde la boca del pasillo y luego soltó una carcajada. Berta sintió una excitación que no conocía. La bata se le había abierto y le colgaban los pechos y todo el frente de su cuerpo quedó al descubierto. Miró hacia atrás y pudo ver el resplandor de la fogata. Se escuchaban las risas de las muchachas y un vidrio que reventó contra un muro. "Son bandidas", pensó.

Se amarró la bata, se recargó en la pared y buscó sus cigarros en la bolsa. Sudaba por el calor y por los nervios. Miró un momento el resplandor del fuego a hurtadillas desde su lado del pasillo. No estaba espantada, a pesar de las amenazas, pero no podía regresar. Babis era capaz de darle de palazos.

Se fue caminando al hotel y se paró afuera. Desde el andador podía verse a través de la puerta de vidrio el foco pelón del techo del vestíbulo y a Francia en el mostrador, jugando en su teléfono. No quería regresar a su cuarto. Eran apenas las once de la noche.

El andador estaba lleno de gente, la luna alta, el calor se hacía sentir como si fuera el pleno día y se escuchaban los ritmos de la música que salía de los bares.

Pensó en cuánto le hubiera gustado tener a alguien a su lado para decirle: "No me quiero ir a dormir. Quiero vagar, saborear el fracaso, tomar otro poco. Ven conmigo".

Prendió otro cigarro. Unos cuantos al día, tres o cuatro, los consideraba compañeros. Jalaba el humo y se ayudaba a pensar en algo o a brincar de un pensamiento al siguiente. El acto de llevárselo a los labios era una interlocución, una actividad sociable. Los otros cigarros eran puro vicio y no valían la pena, pero igual se los fumaba.

Si se iba a su cuarto en ese momento, tendría que escucharlas y sería como echar sal en la herida. Se las podía imaginar imitándola, exagerando todo, mofándose de su apariencia, de su oferta, de su edad. Casi podía ver a Babis amenazando al aire en una parodia de cómo las defendió de una posible tratante. No podía y no quería, en ese momento, lidiar con Babis.

Miró entre sus dedos el cigarro quemando y decidió seguir por el mismo andador en busca de una tienda para comprar otra de tequila. Podía sentarse en alguna banca y tomar discretamente, en lo que veía pasar a la gente y la noche se consumía.

Caminó por la calle y dio una vuelta a la derecha, luego otra a la izquierda y a los diez minutos no encontraba ni un estanquillo ni el camino al hotel.

Había gente en la calle, pero no del tipo al que se le pregunta cómo llegar a alguna parte. Le dio vueltas a las mismas tres cuadras sin encontrar el letrero que había elegido como referencia y no se veía ningún negocio abierto, salvo una cantina de baja estofa: La tradicional. Se metió a preguntar ahí. La música atronaba y olía a sudor y a comida. Se acercó a la barra para preguntar por el hotel Estival, pero antes de poder hacerlo, la mujer que atendía le preguntó a gritos qué quería tomar.

—Tomar es lo que quiero. No volver al hotel.

Berta no iba a cantinas, salvo a la del Sanborns cuando Ligia se quedaba dormida, pero tampoco se metía en terrenos baldíos a hacerle ofertas absurdas a grupos de muchachas.

—Ándele, pero qué quiere tomar —repitió la mujer.

—Tequila. El que tenga.

Berta se sentó en un banco alto con la espalda hacia la barra. Había unas diez u once mesas, todas con gente tomando y hablando. En una esquina había un pequeño escenario y un micrófono en el que un tipo cantaba baladas mexicanas. A su lado bailaban algunas parejas. Todos parecían igual de borrachos que ella.

La señora de la barra le dio su tequila y Berta se lo tomó de un par de tragos. De inmediato le sirvió otro.

Se quedó un rato mirando a la gente, disfrutando de la escena, hasta que sintió algo en el hombro y se golpeó con la mano porque pensó que era una araña, pero era un señor que quería bailar con ella. Le ofreció una disculpa y el señor le dijo "No le hace. Vamos a bailar usted y yo". Berta lo analizó. Era un hombrazo moreno, alto y bigotón, botas y cinto piteado, pantalón de terlenca azul marino, camisa y sombrero vaqueros. Se parecía a César Vallejo. Se quedó muda un segundo en lo que el señor la veía no a los ojos sino a los pechos, que habían quedado parcialmente expuestos gracias a los desarreglos de su vestido-bata.

Berta aclaró que ella no bailaba y el señor dijo de nuevo "no le hace". La paró de su banco y se la llevó a un lado de la tarima, donde bailaban las otras parejas. La tomó de la cintura, como se debe para bailar, pero pronto se dio cuenta de que Berta no mentía. Ella lo miró como diciendo "lo siento" y él dijo por tercera vez "no le hace" y se la acercó al cuerpo.

Sonaba *El Triste* de José José. Era una de las canciones que escuchaba con Verónica en el campamento en Lindavista y sintió ganas de llorar, pero se las aguantó porque aquel hombre, de algún modo, la consolaba. Cerró los ojos y pensó en ella. En sus manos huesudas y su sonrisa ladina. La extrañaba muchísimo. Le hubiera gustado quererla.

El roce con ese hombre le alborotó la piel. Con la mano derecha la sujetaba de la espalda baja y con la izquierda el soporte del cuello. Sus manos eran como mantarrayas húmedas, expandidas, pegadas a su cuerpo y Berta se movía despacio de un lado al otro y sonreía cada vez que percibía su olor masculino.

La canción terminó, pero Berta no quería dejarlo ir y en un movimiento torpe, el botón perlado de la camisa vaquera de su compañero le rozó un pezón. Ella instintivamente se tomó el pecho izquierdo para contener el cañonazo de deseo que le recorrió la región y en cuanto apretó, sintió ganas de untarle la entrepierna en los pantalones. El vaquero miró el pecho atrapado en la mano, esbozó una sonrisa discreta y la tomó de nuevo. Bailaron pegados el uno al otro, compartiendo sudores y humores y ella le fue clavando la cara en el cuello y el cuerpo en el cucrpo, tomando todo lo posible con la nariz y con la piel y él se dejó tocar, hasta que terminó la música y se separó de ella. Se alzó levemente el sombrero, se dio la media vuelta y salió de la cantina caminando como charro.

Esa noche soñó que Verónica tocaba el timbre de su casa y la veía desde la ventana de su cuarto en Avenida Las Flores, pero no le abría, no sabía por qué. Se quedaba parada frente a la ventana, fumando y mirando, sin ocultarse. Diluviaba, era de noche, hacía frío. Verónica estaba empapada y ululaba sus lamentos y gritaba su nombre, pero Berta no reaccionaba. Sólo esperaba a que se fuera, o tal vez a verla desaparecer, como las nubes.

Al despertar sintió ese dolor tan peculiar que provocan los malos sueños, que es como una piedra de incertidumbre en el pecho o como ganas de morirse un rato. Miró el reloj. Eran las once. Se le estaba haciendo el hábito de despertarse tarde, lo que nunca en su vida. En un rincón del cuarto encontró su bata color hueso y su libreta abierta sobre la cama. Los brazos le dolían por la tensión del sueño y estaba incómoda, inquieta, como si hubiera hecho algo malo.

Revisó sus notas. Conforme avanzó, paseando los ojos por las palabras, encontró el nombre de Verónica y pensó en la noche anterior: Gioconda Belli, el tequila, Dulce María Loynaz, edición de bolsillo enrollada como tapete dentro de su mano. Las muchachas rijosas, altaneras. Su expulsión del terreno. Luego los pechos de fuera, los cigarros-compañeros, las calles sensuales, la cantina, el vaquero bigotón, el erotismo de los cuerpos, el de la memoria, el sudor, el olor, el sueño y ahora la tristeza. La cama vacía y la tristeza.

"Puro peligro", pensó. "Puros problemas".

Se acostó de nuevo, boca arriba, con los ojos abiertos. Tenía encerradas las penas de siempre en el cuerpo y también las ganas ingobernables de vivir. "Tú te mueres y yo me pongo a vivir".

Se hizo rosca sobre la cama. Sentía vergüenza y le enojaba no poder controlar sus deseos. Estar dispuesta a mentir y a gastarse su dinero. A usar a Francia, a conspirar, a usar trucos para acercarse a las muchachas, a traicionar la memoria de su tía. Como si sus emociones le faltaran al respeto y también al bebé de Verónica. Berta se tardó en entender la naturaleza de esa traición, pero desde que la descifró, la experimentó hasta el desgaste. Si se daba un placer, una licencia, un momento para sí misma que la acercara, aunque fuera poco, a un estado de ánimo que pudiera considerarse suyo, traicionaba a su familia. A veces pensaba que era la venganza de los inútiles: atormentar a los seres ordinarios por buscar felicidad, la revancha de quienes no pueden hacer nada por sí mismos, de los dependientes, como un bebé, una anciana lunática y una parapléjica. Para colmo, muertos todos.

Verónica, a diferencia de su bebé y de Ligia, era un extraño precursor de vida, de ingenio, de pensamiento mágico. Era un fantasma que rondaba. Berta estaba convencida. Trataba de pensar en ella con cierto control, pero no siempre podía. Algunas veces se le revelaba como una diosa que la visitaba de noche, caprichosa y bella. Otras, como una bruja oscura, como Ana Cacereña, mala, muy mala, de uñas largas y cara gris, de fascinantes maldad y negrura.

Estaba acostumbrada a su experiencia en el amor: amar es sufrir y sufrir es vivir. Estaba curtida así, pero ahora sentía algo parecido a la ternura, a la ilusión, al afecto que rehúye al sufrimiento. Un enamoramiento, un amor de esos que se sienten aunque no haya pasado nada, que viven intensamente en la premonición. Se sentía parte de lo que sucedía en aquel terreno cada noche y ahora quería ser admitida y respetada y lo quería con una intensidad insoportable.

"Tengo el corazón muy roto", dijo para sí misma mientras se incorporaba y buscaba sus cigarros.

Se bañó y bajó a la librería frente a su hotel donde se tomaba un café por las mañanas. Tenía que tomar una decisión pero no sabía en qué basarse. Tenía, por un lado, la amistad de Francia y la ilusión de conocer a las muchachas del baldío y convertirse en su mentora poética. Sentía por ellas una delicada obsesión. Por el otro, seguir el peregrinaje, llegar a la Zona del Silencio y esparcir las cenizas de Ligia. La primera ofrecía el aliciente de la aventura y la desventaja del riesgo. Demandaba valentía, claridad de mente y dinero. Le aterraba la posibilidad del rechazo reiterado y también la de perder la cabeza. La segunda, en cambio, parecía fácil. De algún modo, sólo había que seguir adelante. La Zona del Silencio, era un sitio creado a modo por Ligia y por ella y cumpliría su función. Podía despedirse de Francia y ubicar la historia de esas noches de poesía y espionaje en lo anecdótico, en un rincón feliz de la memoria sin arriesgar su redondez perfecta. La dificultad estaba en que después de esparcir a Ligia en la Zona del Silencio, no quedaría nada.

Si el carro estaba listo, la suerte estaba echada. No es mi decisión, pensó, sino la del mecánico.

El carro estaba listo. Hasta pulido y encerado. El mecánico le cobró un dineral.

—¿Por qué no llamaste al hotel?

—Sí llamé, pero una señora me dijo que usted estaba indispuesta. Hasta pensé que ya no vendría.

—¿Este carro da para llegar hasta la Zona del Silencio y de regreso a Ciudad de México?

—Sólo si anda despacio.

Francia trató de convencerla de que no se fuera, con el argumento de que no podía manejar en ese estado; cruda y mal dormida, pero Berta no cedió.

—Me tengo que ir —dijo muy seria. Según ella, Francia no podría entender que había que aplacar el deseo, impedirlo, porque a su corazón le faltaba experiencia—. Me espera la Zona del Silencio, tengo que llevar a mi tía y volver a mi casa a ver qué se necesita.

—No vas a aguantar el calor ni de aquí a Bermejillo y en tu casa qué se va a necesitar. Si dices que no hay nada ni nadie.

—No tengo nada que hacer aquí Francis, es mejor que me vaya.

—Puros pretextos. Te vas porque le sacas a las morras esas. Pero perro que ladra no muerde, Berta. Quédate. Son altaneras, pero son niñas. Se divierten chingando a la gente. Quédate por lo menos hoy, para que no te estampes contra un tráiler por andar chillando.

—Gracias, Francis. Dime cuánto debo.

—Ah qué la chingada contigo, ándale, paga. Son mil seiscientos. Y antes de salir de Torreón compras un celular en un Oxxo y me mandas un mensaje o me marcas y te enseño a usarlo. No te vaya a pasar algo y no tengas cómo llamar.

Berta accedió y se despidieron con un abrazo chueco, pero sentido y sincero. Berta le pidió ayuda con las maletas y Francia le dijo que no podía porque estaba ocupada y se sentó detrás del mostrador a mascar chicle y mirarla con los brazos cruzados mientras la otra luchaba con su equipaje.

Tomó carretera y pronto después se encontró cruzando el desierto, sin mucho convencimiento más allá de huir de sus deseos, sin saber que la distancia podía tener el efecto contrario. Le daba miedo que se cumplieran, que no se cumplieran, sentirlos. Miedo a dejar a Ligia en el desierto, a quedarse varada en el camino. Le ardían el brazo, el cuello y el muslo por el contacto con el sol. Sudaba un agua pegajosa, que también le daba miedo porque se antojaba sexual y en el fondo le llamaba miedo al sentimiento que la tenía cogida del cuello. Con Verónica había aprendido que al deseo había que huirle, como al fuego. Encima, había olvidado comprar el celular.

La Zona del Silencio ya no era un destino, sino el final del juego. Quizás ella también debía esparcirse a sí misma ahí, en apoteosis. Le vinieron a la memoria esos versos que había escrito hacía años, que hablaban de distancia y de derrotas: *el viento llevará sólo el eco de tu nombre y el mar no será otra cosa que distancia. Te hallarás perdido. Tu espada vivirá, la derrota triste.*

Un letrero señalaba la caseta de peaje de Bermejillo y pensó en Francia. Era cierto que no aguantaba el sol y quién sabía qué calor de serpientes le esperaba más allá. Avanzó con la sensación de que, si la cruzaba, no habría vuelta atrás. Como si la caseta fuera un portal que la lanzaría a un mundo distinto, en el que no existían ni Ligia ni Torreón ni Francia ni las muchachas del baldío.

Quiso buscar una señal y pensó que era un espejismo, pero luego se develó la imagen en todo su esplendor a unos metros de la caseta: un Oxxo, con su letrero roji-amarillo y sus vidrios limpios. La tienda de conveniencia, la señal del peregrino. Era increíble y al mismo tiempo, muy normal. El Oxxo es un oasis mexicano.

Dio un volantazo y su coche giró noventa grados y las llantas rechinaron. Se estacionó, se bajó y entró en la tienda. Respiró el aire acondicionado con aroma artificial de bosque nórdico y miró a su alrededor. Entre aspirinas y cortaúñas, sobre el mostrador, encontró una vitrina con los distintos modelos de celulares.

Salió de la tienda con un six de Corona y un teléfono celular, el modelo más moderno disponible. 2 GB y pantalla táctil. Se sentó en el cofre de su coche y marcó.

Ya no temía separarse de Ligia. Se habían unido en otro plano. La veía como una maleta y si lograba sacudirse la sensación de acabamiento, como amuleto. Pensó en conservar una porción de ella. Un dedo, por ejemplo, o el ojo nublado. Lo podría traer en el cuerpo todo el tiempo, en un frasco pequeño colgado al cuello. Una cucharada de ceniza tendría que bastar. Acarició la idea un rato, pero no se convenció. La traía en el cuerpo sin necesidad de frasquitos miniatura. Sería mejor dejarla toda, sin quitarle más partes que las que la vida le había removido impunemente.

Dio a la derecha en la salida hacia Ceballos y manejó cuarenta minutos hasta encontrar un letrero verde que indicaba que había llegado. "La Zona del Silencio", dijo en voz baja y se sonrió, como si hubiera una audiencia esperando precisamente aquello. Se sentía espiritual, introspectiva, perceptiva. Se sentía poblada, como si se dividiera en mil Bertas o si se multiplicara en Bertas distintas. Quizá traería la mente en las nubes, pero Torreón le había despejado las tripas y ahora pensaba con ellas. La tironeaban.

Se bajó del coche y miró a su alrededor. No había nada ahí. Ni una casa, ni un perro ni nada. Sólo un nopal morado. No había caminos, salvo la carreterita por la que llegó, que era innecesariamente curveada y más que un camino, parecía una insinuación sexual. Sospechó que la lascivia le venía del celo animal que le había despertado el vaquero.

A lo lejos se veían unos montes que parecían cráteres lunares, con nubes como flechas disparadas desde un punto de fuga, indicando el interior de una boca roja en el horizonte que amenazaba con tragarse todo. Pronto no habría luz, salvo la de las estrellas. Se levantó las enaguas y anduvo en busca de una señal que le indicara por dónde seguir. Caminó hacia una duna y los pies se le hundieron en la arena caliente. Quinientos metros adentro escuchó un siseo, seguido de una garganta tragando. Sobrevoló un halcón que se lanzó contra un conejo que tenía el tamaño de un tostador. Se espantó, corrió hacia su carro y encendió el motor. Respiró profundo varias veces y consideró sus opciones. Caminar estaba descartado y dar marcha atrás también. Quedaba conducir despacio por el camino, abriendo bien los ojos y escuchando atentamente su intuición en busca de un sitio apropiado para el descanso eterno de su tía. Al cabo de unos minutos, se había hecho de noche. La luna se alzó e iluminaba el camino. El tiempo había sufrido una distorsión, como si se suspendiera en una red elástica. Las estrellas brillaban, más inestables e inquietas de lo que las recordaba y se sentía la redondez del planeta. Pensó en el recorte de periódico como una imagen en movimiento sutil. Casi imperceptible. En la leyenda que condenaba: "en noches como esta se atiende el murmullo del mundo".

Anduvo por una vereda pedregosa y se detuvo en un remanso. "Aquí es", dijo para sí misma y sacó la maleta de la cajuela. Sopló un viento frío que le voló la melena. Abrió la caja metálica y media carga de la tía se levantó y se escapó, creando una estela gris y densa, como un fantasma. Volteó el resto de las cenizas en mitad del vendaval. Metió la mano en la nube gris y miró cómo las cenizas envolvían sus dedos y luego su brazo y le pareció todo muy hermoso. "Trayectoria del polvo", dijo en voz baja y tomándose los codos con las manos y abriendo un poco las piernas, como las muchachas lo hacían, paradas en la llanta, se arrancó a recitar.

[...]
Como la llama lejos de la brasa,
como cuando se rompe un continente
y se derraman islas innumerables
sobre la superficie renovada del mar
que gime bajo el nombre de archipiélago.

Con los versos aún en la lengua, convocó a Ligia. Ligia en el desierto, de noche, en el Silencio, en la nada. A su mujer de arena, las brujas de Llerena con sus cuerpos de ceniza, a la bisabuela errante. Los fuegos, las calderas humeantes, las risas de las muchachas drogadas, el reguetón, Gimeno y Estaban, el bebé de Verónica, las convulsiones, los poderes, la iniciación, el aquelarre. Se escucharon unas tribulaciones a lo lejos, un ronroneo, voces lejanas intentando cruzar el espacio, presencias invisibles o bichos nocturnos. Trató de guardarlo en su pecho.

Cerró los ojos y por un momento fue sólo eso, una mujer de noche, con las manos en los codos, manipulando los vientos para darle alas a todo lo perdido, voz a lo silenciado, un sitio propicio al asombro. El viento jugó con las formas del fantasma, como para darle mil cuerpos y ninguno. Cuando ya sólo quedaba una capa pegajosa sobre la tierra, se sentó frente a la mancha gris, tomó un poco con sus manos y sopló. Hizo los últimos fantasmas, pateó la tierra donde quedaban cenizas, bailó y brincó enloquecida y cuando estuvo satisfecha, se acostó sobre el cofre del carro, sacó sus cigarros y miró al cielo. Ahí estaban de nuevo las Pléyades, con toda su elegancia femenina.

Esa noche durmió unas horas en el asiento trasero de su coche. No sintió miedo ni soñó con cadáveres. Concilió el sueño profundo y sereno de la satisfacción. A las nueve de la mañana del día siguiente, la visitó de nuevo la intuición. La certeza sin emociones: un café en el Oxxo de Bermejillo y llamar a Francia para pedirle preparar su habitación.

II

DECISIONES

Hacía calor y sonaba una cumbia. Babis sonreía junto a la fogata mientras leía textos en la pantalla de su teléfono y Judas la miraba.

Desde su habitación oscura, Berta también la miraba, como si compartiera con Judas las preguntas que Babis pedía.

—¿Por qué no llegan? —preguntó Babis sin apartar los ojos del teléfono.

—Las están cagando por molestar a un morrito. Ni te enteraste porque te saliste temprano —contestó Judas mientras coleccionaba ramas secas y papel sucio del montón de cascajo—. A ver hasta qué hora se aparecen.

—Así son ellas, alegres y pendejas.

—¿Y en qué andas tú? Siempre te escapas temprano de la escuela para llamarles a tus diversas. ¿Con qué dinero se mantiene a tanta mujer?

—Con labia, Judas. No necesito dinero para tenerlas a todas comiendo de mi mano.

—De tu mixiote, querrás decir.

—Ándale. Algo así.

Judas se puso en cuclillas para arreglar la fogata. Babis se agachó junto a ella y le buscó la mirada.

—¿Cuándo fue la última vez que un hombre te tocó como te gusta? Nunca. Los batos no saben de caricias —afirmó desde su superioridad habitual.

—Ah qué la verga. Ahí va de nuevo el evangelio gay. ¿Por qué no me contestas? ¿De dónde sacas el billete, Babis?

Berta permanecía atenta, dispuesta a tomar nota de todo. Las escuchaba mejor. Empezaba a entender patrones en la conversación.

Aunque a simple vista pareciera lo opuesto, Babis era elusiva. Para no responder, reía a carcajadas, brincaba sobre la llanta, hacía ademanes.

Márgara y Futuro interrumpieron el momento. Venían cabizbajas, cargando caguamas. Judas preguntó cómo les había ido.

—Ni preguntes —contestó Futuro y luego quiso saber de qué hablaban. Babis repitió lo que le había explicado a Judas: que era una pena que les gustaran los tornillos.

—Yo nomás le pregunté a esta pendeja que con qué dinero mantiene a tanta mujer. Se la pasa llevándolas al cine, que por un helado, a tomar al Fauna. Andas vendiendo la mota de tus carnales. No te hagas.

—Mis finanzas te valen verga, Judith.

Judas negó con la cabeza y las demás rieron. Finalmente se acomodaron en sus lugares y sacaron libros de sus mochilas, pero no leyeron. Siguieron hablando de las novias de Babis y la conversación fue migrando hasta llegar al cuerpo del profesor de Física. Su miembro a través del pantalón, sus muslos, los pelos de sus brazos.

En la mente de Berta pululaba el vaquero, su bigote desaliñado, sus manos de mantarraya. Cómo le hubiera gustado que se quedara otro rato con ella, que le siguiera mirando los pechos y le hablara en frases cortas. "Vamos a bailar usted y yo".

—Ya fuera de guasa y volviendo al tema de ayer, hay de dos. Bueno, de tres —dijo Judas—. La primera es que la señora estaba hasta el pito, lo más probable, digo yo.

"¡Esa soy yo!", dijo Berta en voz baja y se tapó la boca con la mano.

—La segunda, que quiera vender nuestros órganos en la frontera. La tercera es la de Babis, es decir, que nos quería para prostitutas.

—Pero la cuarta —interrumpió Futuro— es que traía unos poemas bien chingones y nos los iba a dar, hasta que Babis la mandó a la verga. ¿Quién te dice a ti que no era verdad que sólo venía a darnos poemas?

—La señora me hizo pensar en la profe Dolores, con sus lentes y sus canas alborotadas cuando salía tarde de la escuela, agobiada y jalando su diablito de libros.

Berta anotó en su libreta: *les recuerdo a su profe Dolores. Investigar.*

—Quedamos que no se habla de esa traidora —protestó Babis— y no se parece a ella en nada. Dolores sí sabía de poesía, no como ese pellejo.

—Era rara y malhumorada, pero igual se le extraña —dijo Judas.

—¡Que ya no hablemos de Dolores! —repitió Babis tajante y con ansiedad en la voz, como si quisiera terminar la conversación porque supiera que alguien las espiaba.

—Yo sí la extraño, la verdad. Esta doña que vino el otro día podría alivianarnos con unos poemas.

—Pinche Judas, hace un mes, cuando les propuse que dejaran entrar a Lucila dijeron que no, que jamás admitirían a nadie, ¿y a una indigente loca de la calle la consideran?

—Lucila era tu piel, esto es distinto. Nadie está diciendo que la queremos admitir, no chingues, sólo queremos saber cuál es su oferta y tú no nos dejaste ni escucharla. Te pasaste, Babis. Admítelo.

—Judas, tú creíste que se había escapado del manicomio. Ustedes no saben nada de esa tipa ni de poesía y sean sinceras, les vale una verga. Yo me arreglo con mis libritos, no me hace falta una vieja loca diciéndome qué leer.

—No seas arrogante, Babis. Sí nos interesa, nomás no somos tan alzadas como tú. Afánate a unas morras a ver si se te baja. Al fin tienes billete.

—No te pases de verga, Judas, ya te advertí. Además de pendejas y aburridas, son malas amigas. Hijas de la verga, ahí se ven.

—Pérate, que no hemos acabado. Estamos bien preocupadas por Dolores, pero no podemos hablar de ella porque Babis dice, Babis hace berrinche, Babis prohíbe, Babis se emputa, Babis esto, Babis lo otro. Dolores no se fue. A Dolores seguro la levantaron. Es a güevo —dijo Judas— pero ¿por qué levantar a una mujer así? No la veo vendiendo, ni comprando, ni colaborando, ni escondiendo a sicarios ahí en su depa en la Moderna. Según yo estaba re sola. Aunque tenía una hermana en Monclova que también era maestra.

—¿Cómo sabes de la hermana?

—Me platicó una vez que la acompañé a llevar sus libros a un taxi. Dijo que se iba el fin de semana a Monclova a ver a su hermana.

—¿Y no andará en Monclova?

—Pa mí que o levantón o cran. Esto es el Norte, muchachas.

La palabra *desaparecer* le había gustado en otra época en la que le sonaba misteriosa: ¿Tienes piedras en el riñón? Te unto pomada, escupo en un cazo, te arranco unos pelos y ya no las tienes. Desaparecieron. Estás curada.

Desde el temblor, la palabra había perdido su encanto y empezó a sonar perversa. Los que habían desaparecido en el terremoto se daban por muertos, pero Verónica había desaparecido meses después, así nada más, sin que mediara una gran catástrofe. ¿Había desaparecido? Se la habían robado, se había muerto. Quizá la habían matado o se había ido sin avisar. A juzgar por la última escucha, también Dolores estaba ahí. En ese limbo. Un día estaba y al siguiente no. ¿Dónde estaba? Tal vez entre los muertos. Berta sabía vivir con la pregunta en la lengua, sabía buscar por el puro afán de buscar. En su experiencia, no se iban del todo, pero tampoco aparecían.

Pensó mucho en la tal Dolores y por asimilación, se la imaginó parecida a Verónica. ¿Quién había sido

Dolores? ¿Quién era? Quizás una don nadie que había dejado su puesto en la escuela por cualquier razón y ahora se ocultaba de las muchachas, que probablemente le hacían la vida difícil, pero eso era improbable. "Es el Norte, muchachas", había dicho Judas, que parecía una persona que sabía lo que decía.

Sabía que la verdad rara vez surtía los efectos de la ficción y escribió en su libreta:

Una persona inventa o ficciona para obtener resultados. Las historias se hacen precisas, con sastre, para que encajen en supuestos y den rendimientos puntuales. Un personaje sin encanto, en quien no se puede confiar, no puede seducirlas. Hay que ficcionar.

Pensó en aprovechar la ausencia de Dolores para impostar a la hermana de Monclova. Podía presentarse con ellas usando esa identidad. Les diría que se llamaba Nazaria y que Dolores la había mandado a buscarlas. Les inventaría que Dolores estaba bien. ¿Qué bien? ¡Excelente! Que había fundado su propia escuela. Les diría que los libros los mandaba Dolores, que pensaba en ellas, que deseaba que les gustaran pero que no tenía tiempo de ir a verlas ni de hablarles.

Pensó también en decir la verdad: Que desde que las escuchó por primera vez, cada noche se sentaba en el baño a espiarlas y también a beber y a fumar. Les diría que llevaba en el hotel desde que leyeron "Hombres necios...", hacía semanas. Que había tenido un trance que le había señalado que estaba conectada a ellas a través de la magia. Que las sesiones que celebraban le recordaban a los aquelarres de los que le hablaba su tía Ligia, que le contó que su bisabuela fue bruja y también desapareció. "Como ya saben quién", les diría. No tendría sentido ocultar que sabía sobre Dolores, siendo que las espiaba cada noche. Les diría que su abuela fue refugiada de la guerra civil española y que murió en el temblor de 1985 junto con toda la familia, salvo ella y Ligia, la tía recién muerta, que había estado media vida paralítica, casi ciega y en un proceso degenerativo hacia la demencia. Que al final de sus días, por angas o mangas, Ligia recordó a una fantasma que conoció en la Zona del Silencio y que por eso ella estaba en Torreón, porque su tía le había pedido que esparciera sus cenizas en el Silencio, cerca de la aparición de la mujer. Que ya lo había hecho y que su paso por ahí le había dado la certeza que necesitaba para volver a buscarlas.

Acostada en su cama, elaboró los distintos escenarios en su imaginación. Pensó en sí misma diciendo: "Por favor acéptenme, aunque sea una sinvergüenza. Al fin y al cabo, ustedes son unas desgraciadas".

Decidió crear para sí misma un personaje, una alternativa no tan cruel como la de impostar a la hermana de Dolores y menos barroca que la verdad. Había que personificar a alguien amable, con autoridad en materia poética. Maestra de español de otro colegio, por ejemplo. O afiliada a un club de poesía.

Pensó en decir que conoció a Dolores por ser ambas maestras de prepa. Quería parecer interesante y también de evidente bondad, incapaz de vender sus órganos en la frontera. Para eso era necesario ser cercana, pero no tanto que le faltara al respeto a Dolores. Escribió el plan en su libreta y en cuanto lo sintió veraz, corrió al mostrador a discutirlo con Francia. "Órale. Te ayudo, aunque esas morras son unas payasas".

Se acercaban las diez de la noche y se sentó en su cama a revisar por última vez el material que tenía preparado. Tenía puesto un vestido azul de mangas cortas y botones en todo el frente, sandalias y un chal verde pistache. El chal fue necedad de Francia, que opinó que sin él parecía simplona. La melena era la de siempre. Oscura, suelta, despeinada. Le sudaban las manos, además de las axilas por la combinación entre calor y nervios. No quería llevar una cantidad abrumadora de libros y tampoco parecer que tenía poco que ofrecer. Quería ser, si no necesaria, suficiente.

Había decidido, en su ficción, conservar su nombre: Berta Gaspar. Así podía sentirse como sí misma, mitigar el engaño y también la tentación de creerse alguien más. Si se nombraba Crescencia o Fabiola, se perdería en la posibilidad de otro nombre. Tenía que ser Berta Gaspar, Bertita, Bertita chula, la que leía poesía y soñaba con brujas. Nada más.

Sabía que no sonaba convincente, pero llevaba una semana posponiendo el encuentro por puro temor a fracasar y Francia ya estaba cansada de la cantaleta. ¿Y si no me aceptan? ¿Y si se burlan? ¿Y si me echan a patadas?

—Ya veremos qué hacemos —le dijo Francia esa noche—. Vete, que se te hace tarde y luego te arrepientes.

Berta caminó toda la cuadra respirando lentamente, jalando un diablito con libros, dos six de cervezas, una cajetilla de cigarros y una bolsa de papas. El menú favorito de las muchachas. Entre las cosas que había aprendido sobre ellas, una muy importante era que emborracharse era central. Otra cosa que tenían en común. Lo supo con certeza unas noches atrás, en la que habían faltado las cervezas porque no juntaron dinero y estuvieron de malas, quejándose y peleando.

Al llegar al pasillo, la excitación y el miedo de la primera vez le regresaron al cuerpo y se paró un momento a respirar. Luego caminó, más despacio que aquella vez, pero con paso firme y repitiendo mentalmente sus planes. Apenas entró en el terreno, las muchachas la detectaron. No tuvo tiempo de ocultarse en la penumbra.

—Suchingadamadre, otra vez tú —gritó Babis alzando los brazos al verla parada frente al pasillo con su diablito.

—Buenas noches, muchachas. Quisiera presentarme con ustedes. La última vez no tuve oportunidad.

Las muchachas se acercaron.

—¿Quién fue la que dijo que esta ruca estaría de regreso más pronto de lo que canta un gallo? Sáquese a la verga, ándele —Babis le tronó los dedos.

—Cállate un minuto, Babis. Ya hablamos de esto —dijo Judas—. ¿Ora qué quiere, Doñita? ¿Lo mismo?

—Sí, lo mismo y también quiero decirles quién soy.

—Esta ruca jura que su nombre nos va a sonar, como si fuera Rihanna. Y además, ¿qué pedo con ese ojo amarillo de serpiente? Esta es bruja —dijo acercándose a su cara.

Berta sonrió y afirmó con la cabeza. Las muchachas rieron. Era obvio que, después de discutirla, la habían descontado como persona inofensiva.

—La otra vez no les conté por qué sé de ustedes. Hace seis meses conocí en una reunión a Dolores, su profesora de español. Yo también soy maestra.

—¿Dónde está Dolores? —interrumpió Babis con el ceño fruncido.

—No sé. Creo que nadie sabe. Cuando la conocí me contó que tenía unas estudiantes que se interesaban por la poesía. A mí también me gusta y platicamos un poco sobre sor Juana y sobre ustedes. Me dijo que se juntaban aquí a leer y quise ver cómo estaban y traerles libros.

—No te creo. Dolores no te dijo eso. Mientes, Satanás. Además, la vez pasada, dijiste que ibas pasando por la calle y escuchaste. Pura lengua.

Berta ignoró a Babis.

—¿Que cómo sabía Dolores que se juntaban aquí? No tengo idea.

—Nosotros la invitamos un día.

—¡Cállate, Futuro! —dijo Babis mientras le daba un zape, que Futuro contestó con otro.

—¿Por qué suenas chilanga?

—Porque soy. Vine a Torreón a trabajar.

—Ah, chinga, qué raro. A los chilangos acá les da miedo. ¿Se culió, ñora?

—¿Y por qué te apareciste la otra noche bien borracha y ni nos dijiste esto?

—Les ofrezco una disculpa, les mentí porque estaba nerviosa, pero en mi defensa, ella tampoco me dejó hablar —dijo señalando a Babis.

—¿Qué traes en ese diablito?

—Son libros, cervezas y cigarros.

Futuro se frotó las manos.

—¿Para nosotras?

—No, para unas morras que se juntan en un terreno aquí al lado. Sea pendeja, por favor —dijo Babis jalándole a Futuro una oreja demasiado fuerte.

—¡Ya paren ustedes dos! O se salen —Judas hablaba en serio.

—Me dolió un chingo, chingada Babis te voy a putear.

—Seachillona —dijo Babis, jalándole la otra oreja.

Judas las cogió de un brazo a cada una y las separó del grupo para reprenderlas mientras Márgara abría una cerveza y encendía un cigarro.

Berta estaba incrédula. Parecían niñas tratando de impresionarla y Berta madura, con sus libros y sus cigarros, tolerando sus niñerías. Había ensayado cómo comportarse ante todas las reacciones en las que pudo pensar, pero no previó un pleito entre Futuro y Babis.

Márgara le dio un trago a su cerveza y se acercó al diablito. Levantó un libro y lo hojeó. Sin dejar de mirar las páginas, preguntó:

—¿Cómo te llamas?

—Me llamo Berta.

—¿Cuántos años tienes?

—Cincuenta y uno.

—¿Tienes carro?

—Uno viejito.

Judas y Futuro volvieron a donde estaba el resto del grupo. Futuro estaba cabizbaja, con cara de regañada y Judas con los brazos cruzados, desesperada por la inmadurez de sus amigas. Entre ellas se hablaban con miradas y Berta pronto entendió. Judas hizo un gesto con las cejas indicando "vean a Babis" y Futuro hizo uno que expresaba "no es mi culpa que Babis sea tan berrinchuda".

Babis no se acercó. Tomó sus cosas de mala gana, se le cayeron varias veces y las recogió de nuevo mientras veía feo a Judas. Echó las cosas a la mochila, pateó la tierra, caminó hacia Berta, le gruñó en la cara y se salió del terreno pintando un dedo.

Guardaron silencio un momento. Las salidas teatrales de Babis no eran cosa rara y Berta lo sabía, pero actuó como si estuviera muy sorprendida. Las muchachas le dijeron que no se preocupara, que así era ella y que a la noche siguiente volvería como si nada. Berta aprovechó para sacar de su mochila el *Ómnibus de poesía* y entregárselo a Judas con ceremonia, como si fuera la bandera de México.

—Si me dan permiso, volveré mañana con más libros.

—Va. Y tráigase trago. Y cigarros.

Berta asintió y abandonó el terreno con su diablito y su morral vacíos.

De regreso en el Estival, Francia cabeceaba en su banco.

—Francis, despierta. Sucedió lo imposible. Las muchachas, entre queriendo y no, me dieron oportunidad. Salvo Babis. Pero eso ya lo sabíamos. Las demás me permitieron probar mi valía. Creo que voy a poder enseñarles algo. Están preparadas. Esas muchachas, sin saberlo, son brujas.

Francia se espabiló, bostezó, se estiró y asintió con la cabeza. Le parecía obvio que las adolescentes aceptarían cualquier cosa si venía con cheves gratis, pero no dijo nada. Sólo preguntó a qué se refería con eso de que eran brujas y Berta le explicó que cuando se conjuga en un espacio-tiempo una energía potente, que viene de la feminidad y del poder que dan la noche y la magia, las mujeres se transforman en sus poderes.

—¿Y la poesía de qué sirve?

—La poesía es el activador, Francia. Es el elemento que conjura. Las brujas y las poetas dicen cosas con emoción precisa, con intención, para que fluya una cierta energía. Los poderes de la brujería son propios de las mujeres —Berta sacó la pachita de su bolsa y sirvió en las tazas para café que Francia guardaba en el mostrador.

Francia pidió ejemplos y Berta contó las cosas que recordaba de las noches de tormenta en las que Ligia le habló de las brujas de Llerena. A Francia le pareció una mafufada interesante. Como una leyenda, o algo así. Lo que no se creía era que las morras del baldío tuvieran algo que ver con esa magia. A lo que llamaba brujería era la pura peda, pero le dio chance de disfrutar su noche sin cuestionar sus teorías.

Berta siguió explicando que, aunque su encuentro con ellas había sido sólo una cosa técnica, el ambiente se había sentido favorable y que ya sólo faltaba convencer a Babis de que aceptara su poesía. Quizá Babis presentía algo poderoso en su presencia y que por eso se resistía. Francia le dio por su lado y la mandó a dormir.

Babis <3

Chinguen a su madre Ya ganaron

Futuro
Dk hbls bbs

Babis <3

Adivina

Márgara
NPI

Babis <3

Mejor ustedes digan k ps con la ñora

Judith
Nada. Es bnpdo
Nos regaló un libro y la invitamos hoy
Le exigimos que traiga cheves y dijo que sí
:)

<u>Babis <3</u>

Lo sospeché y por eso digo k ya ganaron

Pinches débiles mentales, nos va a arruinar,

pero allá ustedes

<u>Judith</u>

Ora. Qué bueno que ya entendiste

<u>Babis <3</u>

No entendí ni madres, sigo pensando que son
pendejas sólo k me caga estar en mi ksa.

<u>Judith</u>

Pasó algo?

<u>Babis <3</u>

Lo normal

<u>Márgara</u>

No es normal lo que pasa ahí. Ya salte.

<u>Babis <3</u>

Mira quién lo dice

A la noche siguiente fue al Modelorama por cervezas y se dirigió al pasillo. Las corvas le latían como el corazón de un perro. Las muchachas estaban echando relajo, sentadas en semicírculo y apenas voltearon a verla. Se acercó con cuidado de no perturbar la elegancia que las contenía y se sentó en el piso con la bolsa de hielos y cervezas en las piernas y quiso hablar, pero Judas no la dejó.

—Silencio, ñora. Primero yo. Y reparte las cheves.

Judas se empujó los anteojos hacia la cara, respiró profundo y se soltó diciendo que aceptaban que asistiera a las sesiones no por ella sino por Dolores. Que no estaban convencidas de querer hacerlo, pero les daba curiosidad ver sus libros y que en esa medida aceptaban, medio en serio y medio a broma, que les enseñara poesía. Que tenía que llevar cervezas y cigarros. Si no los traía, no podía pasar. Que la podían echar cuando quisieran y que ellas tomarían las decisiones importantes.

—Ahora sí, ñora. Puedes hablar.

—Gracias. Quiero contarles algo. ¿Ven ahí arriba ese grupo de estrellas muy brillantes? —dijo sonriendo. Las muchachas miraron y asintieron—. Se llaman Pléyades. Según la mitología griega, unas hermanas estaban dando un paseo con su madre muy tranquilas, cuando se encontraron con un gigante de nombre Orión, que se enamoró de ellas. Las hermanas huyeron del gigante. Corrieron durante cinco años, hasta que Zeus, para salvarlas de Orión, las convirtió en palomas y eventualmente en estrellas. Así quedaron retratadas de noche junto con su acosador, que aparece junto a ellas, hostigándolas por siempre.

—Me las imaginé a las morras corriendo en chinga, huyendo de un gordo pelón —dijo Futuro—. Aquí también acosan y luego no te salvas y ese pinche Zeus qué mamón que las convirtió en estrellas junto al violador. ¿Cómo dices que se llaman?

—Pléyades —contestó sonriendo. Había recordado la historia de la constelación en la Zona del Silencio, cuando miró el cielo nocturno. Les habló de ellas para sembrar la idea de hermandad, de equipo. Judas le preguntó que cómo sabía lo de las tales Pléyades y Berta le contestó que lo había leído en alguna parte.

—¿Crees que nosotras deberíamos tener un nombre? Estaría vergas llamarnos de algún modo.

—Es urgente que se nombren. Son una hermandad —Berta aplaudió y las jóvenes se pitorrearon de risa—. Ahora me gustaría presentarnos. Quiero saber quiénes son, por qué se juntan aquí, qué las mueve.

—Empieza tú —ordenó Judas.

—Me llamo Berta Gaspar. Soy de la Ciudad de México. Me vine a Torreón a dar clases. Soy muy lectora y he hecho mis intentos con la poesía.

—Soy Judith Sabines Ibarra. Ya escuchaste que me dicen Judas. Soy de Torreón, tengo dieciocho años y voy al Ateneo. Administro la papelería de mi tía. Yo mando aquí. La literatura y el arte me interesan como formas de organización y de resistencia. Quiero entrarle a tu desmadre para ver cómo funcionamos en equipo, pero en serio. Soy feminista, de las radicales.

—Yo soy María Eugenia Rentería Méndez y me dicen Futuro. Todo igual que ellas, menos lo de la papelería y lo de mandar aquí, pinche Judas. Trabajo en un *call center*.

Las demás se burlaron del supuesto *call center* y dijeron que era un modo mamalón de llamarle a un servicio de chaquetas telefónicas que Futuro atendía. Berta quiso preguntar por qué le decían *Futuro*, pero Márgara interrumpió para decir que se llamaba Margarita Félix Torres y que prefería que le dijeran Márgara. Tenía dieciocho años y manejaba un Uber. Que le gustaban los cómics porno. Era de Tultepec y vivía en la Laguna desde los siete años. El arte y la literatura le ayudaban a imaginar otras vidas y otras formas de pensar.

Lo mismo que Berta habría contestado si alguien se lo hubiera preguntado.

Babis intentó hablar, pero sólo pudo gruñir y patear. Se paró de su lugar muy enojada salió del terreno otra vez con su mochila al hombro, pintando dedo medio.

—Es peor que los perros —dijo Márgara—, si le extiendes una mano te la muerde. Pero no te preocupes. Mientras traigas cheves la Babis vendrá.

Como era su costumbre desde que se instaló en el Estival, se vistió sin prisa, se lavó los dientes, metió en un morral el celular, los cigarros y la cartera y bajó a la librería por café. Llevaba dos semanas asistiendo a las sesiones. De lunes a viernes preparaba las lecturas y los sábados los dedicaba a pasear. Las adolescentes no se juntaban el fin de semana. Ese sábado, Berta tenía tiempo para estar con Francia, turistear y reflexionar.

La librería se llamaba El Astillero y a Berta le resultaba tan absurdo como Comarca Lagunera. No había rastro de lagunas ni un charco de aceite en el paisaje que justificara el nombre y lo mismo le pasaba al Astillero. Qué necesidad de reparar buques puede tener la ciudad mexicana más alejada del mar, después de Juárez. Pensó que podía deberse a un rasgo soñador de la población local. Una forma de nombrarse a partir de los deseos o los recuerdos.

Se sentó en una mesa a revisar un tríptico de turismo y algunos libros. Leyó unas páginas de *El día no llega*, de Magdalena Mondragón, que, según la librera, era la autora local más apreciada.

Salió con la ilusión de irse al hotel para leer su libro nuevo y platicar con Francia, pero antes tenía la intención de llevar a cabo alguna actividad turística, conocer Torreón un poco mejor y empaparse de la vida local. Se quedó parada afuera de la librería, mirando los carros del teleférico subir y bajar.

En la punta del cerro se veía un Cristo gigante. Detuvo a una señora que cruzaba la calle para preguntar por el interés en el cerro. La señora dijo que valía la pena subir y aclaró que mucha gente iba sin intención religiosa, sólo a pasear y a disfrutar la vista desde el mirador.

Berta se formó en la fila y montó en el carrito. Desde la primera altura, pudo apreciar el detalle de Torreón. Construcciones improvisadas, basura, palmeras raquíticas, perros fornicando, tendederos, señoras lavando losa o ropa, mercados, dos hombres que estimó borrachos orinando en una maceta. Las personas fueron haciéndose pequeñas. Un patio ferroviario apareció en el paisaje. Pensó en su abuelo. Cómo había adorado los trenes. A esa distancia, daba la impresión de ser una maqueta eléctrica, con locomotoras y vagones circulando de ida y vuelta por las vías. Un poco más lejos vio un cerro negro con la punta mocha. Al fondo, unas colinas fundidas bajo el sol inexorable de las dos de la tarde.

La recibió en la punta del cerro un letrero que decía: "El teleférico directo a los brazos de Cristo".

Se sonrió al leer. Parecía un verso. Se sentó en el murete del mirador, oculta del sol, pero no consiguió eludir la mirada del monumental santo de hormigón armado. Quizás era la mirada blanca y plana del Cristo de las Noas, o tal vez el calor, pero fuera una cosa o la otra; se sentía acompañada y era una sensación nueva. Pensó en su soledad acompañada, escribió en su libreta, leyó su libro de Mondragón y se le fue la tarde en eso. Cuando se sintió lista para su lata de atún con chícharos, trepó en el carrito, saboreando mentalmente el momento y durante el descenso, miró de nuevo el espectáculo de Torreón. El cerro mocho, el patio ferroviario, las palmeras y las plazas. Respiró el olor a azufre y vaca, con ganas de conservarlo dentro.

Se bajó del carrito y por el rabillo del ojo vio la silueta de Márgara sentada en una banca frente al Colegio Ateneo. Pensó en ocultarse y escapar, pero Márgara estaba sola, encorvada, con las manos sobre la cara. Berta se quedó un momento parada sin saber qué hacer, hasta que se armó de valor y caminó hacia ella, se puso en cuclillas y le tocó la rodilla. Márgara levantó la cabeza y Berta pudo ver que estaba enojada. Se sentó a su lado. La joven la miró, pero no dijo nada.

La situación le recordó a cuando consolaba a Verónica. Se sentaban juntas en el borde del catre y Verónica lloraba en silencio y balbuceaba cosas, mientras Berta le acariciaba la cabeza y le decía que quería ayudarla.

—¿Me quieres contar?

—No. Échame aventón a mi casa.

—Quizá puedo ayudar. Vamos a cenar y ahí me cuentas.

Márgara se incorporó y la vio a los ojos.

—¿Tú invitas?

Berta compró un six y cenaron unos burritos en un puesto. Preguntó qué había pasado, pero Márgara contestó que quería otro burrito de frijol y una botella. Compraron otro six y un brandy, que se tomaron sentadas en la misma banca en donde se habían visto más temprano.

—Pos mira, no debería contarte, porque ni te conozco, pero si te compras otra de brandy te platico.

Era demasiado brandy hasta para Berta, pero no supo negarse. Caminaron a la tienda y en el trayecto, Márgara vomitó un burrito completo en una jardinera.

—La situación de Babis es un pedo —dijo limpiándose la cara con la manga—la cosa está muy mal. Ayer su hermano la amenazó.

Berta abrió la botella y se la pasó.

—La Babis no me deja contarle a las demás, pero tú le vales madre. No creo que se enoje. Nomás no le cuentes a nadie.

Márgara contó que a Babis no le gustaba llegar temprano a su casa. Su hermano Ramón invitaba a sus amigos a pistear y siempre había problemas. Los batos se burlaban de ella y la hacían servir sus tragos.

Babis daba pelea, pero Ramón era violento y con el tiempo, aceptó que era mejor hacer lo que dijeran.

—Tú la viste ayer. Hizo su berrinche de costumbre y se fue toda agüitada. A las doce estaba abriendo la puerta de su casa, sin energía para buscar otro lugar dónde pasar el rato. Me dijo que se escuchaban carcajadas que salían de la cocina. Eran varios hombres y sus perros. Supo lo de los perros por el olor. Los perros de su casa huelen mal, pero no a mierda y la casa, según Babis, olía directamente a mierda de perro. A sus hermanos y más a Ramón, les gustan los perros para pelea y los crían desde chicos. Rottweiler, pitbull, bull terrier, doberman, mastín. Los favoritos, después de probarse con otros, se vuelven sus mascotas. Ramón los adora y los cuida hasta que un día se cansa y los mata. No sabe lidiar con viejos o enfermos. Quizá por eso tampoco atiende a su papá. En vez de cuidarlo le compra sus botellas y lo deja morir de a poco, porque no puede pegarle un balazo, o eso piensa la Babis. Mantienen a los perros en la azotea o en el patio de lavado, amarrados con cadenas o encerrados en jaulas. Cuando alguno se escapa hay masacres y lo sacrifican a balazos. Malditos pinches perros. Son unos culeros. El caso es que la Babis se quedó quieta un momento junto a la puerta pensando en cómo pasar sin que los animales la delataran. Los perros que no son mascotas se mueren en las peleas y los echan en un deshuesadero de coches en Gómez Palacio. A Babis no le gustan ni los quiere, pero se siente mal con los débiles porque desde nacidos sabe que se van a morir en el hocico de los fuertes. A veces, cuando no está Ramón, Babis me dice que salgamos al patio nomás a mirarlos a los ojos. Según ella, les ve el terror en la mirada, porque saben lo que viene. El caso es que anoche, uno de los perros ladró. Era el pinche Káiser, el doberman de Ramón. Le cortaron las orejas recién y está encabronado. Babis se apuró a su cuarto, pero Ramón la agarró, jaló al Káiser del collar y le bloqueó la entrada. Ella no se aguanta y lo empezó a insultar, a decirle que estaba gordo y que olía feo. Él le dijo "aquí yo mando, babosa". Eso es lo que más la enchiló. No le gusta que le digan así. Trató de zafarse, pero Ramón le apretó la muñeca y le dijo que necesitaba un favor. La Babis le escupió y el Ramón le agarró el hocico al Káiser y se lo untó a Babis en la vagina. Me dijo que la olisqueó bien asqueroso y que el Ramón le respiró en la cara bien enojado. "¿No tienes alguien más a quien chingar? Una morrita confundida, medio drogada que quiera ver tu cara de cochinito". Eso le dijo la méndiga y Ramón se enojó más. "Te lo digo en serio", contestó y Babis le dijo que ella no le hacía favores al hampa. "Entonces ya sabes. Cuídate. No te vayan a hacer algo". Babis trató de zafarse y Ramón la soltó. "Así quedamos", le dijo el muy puto. Babis se encerró en su cuarto. Dice que escuchó toda la noche detrás de la puerta la respiración del Káiser pegado al piso. Quiso llorar de coraje, pero se aguantó para no darle el placer, pero estuvo todo el rato con la oreja pegada a la puerta intentando escuchar la conversación en la cocina, que nunca antes le había interesado. Sólo alcanzó a entender que Ramón decía que la había hecho llorar. Me dijo que sintió ganas de que el Káiser le masticara el pescuezo, como a los cachorros.

Berta miró toda la noche la trayectoria inútil del ventilador. Conocía la violencia de la tierra, la de la soledad y el descuido, pero no había vivido en carne propia la violencia de un hombre malo. La inminencia de un ataque. El peligro de vivir entre enemigos. Se arrepentía de haberle pedido a Márgara que le contara. Ella tenía sus propios asuntos. Debió detenerla cuando supo que se trataba de Babis, pero le ganó la curiosidad. Cuando preguntó, imaginó una historia distinta. Más cercana a la poesía, pero al escuchar sintió ganas de dañar a Ramón. Le puso una cara y un cuerpo y lo imaginó muerto. Imaginar muertos era su territorio, cuerpos debajo de un cerro de cascajo, volando por el balcón, asfixiados en un túnel del metro, pero no sabía matarlos ella misma con la imaginación. Las escenas se desvanecían. Por momentos se quedaba dormida, pero enseguida la despertaba una imagen horrible. ¿En qué se estaba metiendo? Pensó en pedirle a Márgara que jamás le hablara de ese tema otra vez. Decirle que sólo estaba ahí por la poesía, que sus vidas privadas no le incumbían y que no sería cómplice de los secretos de Babis ni de nadie. Que había sido una mala amiga al contárselo. Que buscara ayuda en otra parte.

Por otro lado, Márgara estaba tan borracha, que quizá ni eso haría falta. Al día siguiente habría olvidado todo lo que dijo y si no lo olvidaba Márgara, intentaría olvidarlo ella misma. Sintió vergüenza, pero era mejor aceptar una situación vergonzante ante sí misma que meterse en ese lío.

La noche del lunes, Berta llegó al baldío cerca de las diez, cargando cervezas en bolsas de hielo y los libros en un morral. La escena le seguía causando el asombro de la primera vez. Se quedó un momento en la penumbra. Las muchachas estaban hablando entre sí, sentadas en semicírculo alrededor del fuego.

Se acercó a ellas y las saludó con un gesto de la cabeza. Estaba más nerviosa que de costumbre. Le pasó una cerveza a Babis y se le quedó mirando en busca de una señal. Babis tomó la cerveza y le pintó un dedo. Parecía normal.

Miró a las demás y las llamó por sus nombres, seguido de sus apodos, pronunciados con demasiado énfasis. Márgara no reaccionó y Berta descansó. No se acordaba. Por lo menos no del detalle. Se sintió afortunada.

Se sentó en la sección abierta del semicírculo para explicar que esa noche traía poemas seleccionados por proximidades. El primer criterio: mujeres. El segundo: latinoamericanas. Dejó caer las palabras, como si al decirlas revelara una gran creatividad y esperaba una reacción proporcional, que no llegó. Por el contrario, Futuro preguntó:

—¿Son de este siglo? Si están muertas, olvídalo. No nos interesa.

—Este siglo es joven.

—¿Y qué? Nosotras nacimos en este siglo. Es nuestro puto siglo.

—Tienes razón, pero no conozco a las poetas de este siglo. Ustedes son las primeras. ¿Quieren que leamos algo suyo?

—¿No que sabías mucho de poesía, Madam?

—¿Ahora le decimos Madam? Vamos a acabar de sus putas. Ya verán. Mejor habríamos de decirle víbora, reptil, animal de sangre fría, porque ese ojo no es normal.

—Es un lunar. ¿Te gusta?

—Nel. Se ve como un tumor. ¿Están muertas o no? —preguntó Babis.

Berta se esforzó por no pensar en el hocico del perro entre sus piernas.

—Están muertas, Babis, es cierto, pero la poesía atraviesa el tiempo como flecha.

Babis asintió. Las muchachas quisieron saber las circunstancias exactas de sus muertes, incluso antes de preguntar sus nombres y Berta les contó que Rosario Castellanos era mexicana y que había muerto electrocutada. Que Alejandra Pizarnik era argentina y que murió de sobredosis. Que cerca del cuerpo de la argentina encontraron escrito en un pizarrón los versos:

> *no quiero ir*
> *nada más*
> *que hasta el fondo*

A esas alturas, Berta sabía que les encantaba husmear en las historias personales de los poetas y que creían que con revisar las fichas en Wikipedia tenían elementos suficientes para elaborar toda clase de juicios sobre las decisiones que habían tomado en vida.

—Investiguen quiénes fueron y cómo vivieron —dijo Berta, con una autoridad que hasta a ella misma le sorprendió. Aprovechó para sacar de su bolsa su ejemplar de *Poesía no eres tú*, de Rosario Castellanos y les propuso leer en relevos "En el filo del gozo".

—Me toca —dijo Futuro mientras se acostaba en la llanta con el culo en el agujero. Levantó el libro frente a su cara y leyó con buena voz y buena dicción:

> *Entre la muerte y yo he erigido tu cuerpo:*
> *que estrelle en ti sus olas funestas sin tocarme*
> *y resbale en espuma deshecha y humillada.*

—Judas. Toma el libro. Te toca —Futuro se quedó ahí acostada con el brazo estirado, esperando a que Judas se acercara por el libro. Aquella lo tomó, se paró en la llanta con las piernas abiertas sobre el cuerpo de su amiga y leyó:

Cuerpo de amor, de plenitud, de fiesta,
palabras que los vientos dispersan como pétalos,
campanas delirantes al crepúsculo.

—Madam, te va.

Todo lo que la tierra echa a volar en pájaros,
todo lo que los lagos atesoran de cielo
más el bosque y la piedra y las colmenas.

—Márgara —dijo Berta.

(Cuajada de cosechas bailo sobre las eras
mientras el tiempo llora por sus guadañas rotas).

—Babis.
—Paso.
—Madam, de nuevo.

Venturosa ciudad amurallada,
ceñida de milagros, descanso en el recinto
de este cuerpo que empieza donde termina el mío.

Todas, menos Babis, leyeron sus partes y pronto encontraron su ritmo. Entre el *performance* y la improvisación, completaron el poema que había dejado incloncluso la anterior, pero también perfeccionaron su ánimo, su estar en aquella realidad peculiar, cooptadas por la oferta inmaterial de una extraña.

Terminaron la lectura y guardaron silencio con los ojos fijos en el fuego.

—*Todo lo que los lagos atesoran de cielo, más el bosque, y la piedra y las colmenas.* Qué bonito tener lagos y bosques y colmenas, pinche Torreón, no tiene poesía —dijo Futuro.

Judas se paró y caminó hacia Berta.

—Por cierto, Madam, ya tenemos nombre. Nos llamamos M45. Investigamos en Wikipedia lo de las Pléyades y también se llaman Messier 45 o M45 y nos gustó. Tiene barrio.

—Les queda muy bien. M45. Suena peligroso.

—Eso queremos, porque somos el mal —contestó mientras miraba a sus amigas con una gran sonrisa.

En las siguientes sesiones se asignaron trabajos. La líder nominal era Judas, pero en los hechos se vivía bajo el terrorismo de Babis, no sólo porque era caprichosa sino porque entendía de poesía. Berta la sentía cada vez más desenvuelta en su presencia. Más contenta con la poesía que les llevaba. La percibía tranquila y quiso pensar que el tal Ramón la había dejado en paz.

Las otras leían con buena dicción y buscaban en los versos algún sentimiento que conocieran, pero Babis hacía algo distinto: buscaba en las palabras las maneras ajenas, con distancia suficiente de las propias, para contemplar el mundo. Su acercamiento era el de la curiosidad, no por encontrarse a sí misma en el verso o en la imagen, sino por lo otro, lo inasequible, lo que específicamente no era ella. En ese sentido, se parecía a Verónica.

Le gustaban los poemas complicados, largos, oscuros. Los que ninguna de las otras entendía, pero también los breves y obvios y directos. Quería toda la experiencia poética. Era de personalidad enciclopédica. Según Babis, la obra completa era una cosa y un poema aislado, otra muy distinta. Un solo poema podría ser engañoso, una flor en un pantano. La poesía, pensaba, estaba llena de perversidad, de fugas de personalidad, de deseos insatisfechos. Sus intervenciones, las más de las veces, ininteligibles para las demás, le atribuyeron el puesto de consejera general en materia poética, que era un modo de decir: "a Babis lo que quiera y cuando quiera".

Futuro era responsable de la orden del día. Lo que en realidad quería decir era que no tenían ninguna responsabilidad, porque no había más orden del día que lo que la Madam proponía y Babis disputaba.

Judas tenía un liderazgo sindical. Las mantenía contenidas, les explicaba sus derechos y daba perspectiva de futuro. Ayudaba a que cada una entendiera y mantuviera su sitio en la corporación y lo más importante, contenía a Babis y su extravagante sentido de superioridad. La tesorera era Márgara. Administraba el dinero que juntaban para libros y cervezas, que desde que la Madam apareció, lo aportaba ella. A Berta no la contemplaron en la organización porque, en palabras de Judas, "Si te damos la mano, nos jalas del pie. No es personal. Así es la gente. Confórmate con que te dejemos venir".

Márgara solía buscar a Berta en el hotel durante las mañanas para recolectar el dinero. Berta sospechaba que se quedaba con algo, pero nunca hizo cuentas ni le importó. El sentimiento de cercanía se había acrecentado entre ellas desde la noche del brandy. Márgara aprovechaba las visitas para platicar sobre las M45. Francia aceptó porque le encantaba el chisme. Además, ayudaba con el trabajo. Si Francia estaba haciendo la limpieza del vestíbulo, Márgara tomaba el trapo y le daba una pasada al mostrador o barría la entrada mientras contaba sus historias. Berta también ayudaba y entre las tres terminaban más rápido.

Una de esas mañanas, Márgara contó que Babis había hecho una tregua con Ramón a cambio de cuidar a los perros en lo que él se iba a un mandado a Tampico. Francia quiso saber por qué la tregua, quién era Ramón y cuántos perros había que cuidar. Márgara contó que Ramón era un hermano de la Babis que criaba perros y vendía droga, que la traía de su puerquito y que la Babis lo detestaba. Contó que su rivalidad era desde chiquitos.

—Ramón es bien menso y se molesta porque la Babis es brillante y el papá la quiere más. Por eso la trata mal y la amenaza. Ya le conté aquí a la Madam, pero nomás se hizo rosca.

Berta se sorprendió y quiso decir algo, pero no le salieron las palabras. Hasta ese momento, había creído que Márgara no se acordaba.

—No te agüites, Madam. Nadie puede hacer nada. Ramón es un culero, pero Babis también. Es cuestión de tiempo para que se salga de esa casa y se aleje de ese bato. Lo que la retiene ahí es su papá, que está mal de salud. Ramón siempre la amenaza, pero Babis se defiende.

Se hizo un silencio y las tres miraron el piso, porque sabían, sin necesidad de palabras, que defenderse no es suficiente, pero Berta estaba decidida a no darle entrada al asunto de Ramón y más ahora, que había dejado Torreón.

—Qué le vamos a hacer —dijo Márgara.

Francia suspiró

—Ora, Márgara, cuéntame de Futuro. ¿Por qué anda despechugada y enseñando hasta los calzones? ¿Por qué le dicen así? Esa morra tiene problemas de autoestima.

—Futuro vive en la zona de tolerancia y le decimos así porque su película favorita es *Volver al Futuro*. Sagrario es prostituta y la quiere sacar de ahí para que no se haga también puta, pero lo que Sagrario no quiere aceptar es que a Futuro le encanta la puteada. Se va con los viejos que la desean un chingo, porque hace billete fácil y no dan guerra. Yo creo que Futuro ya no se enmienda ni aunque Sagrario la mande a vivir con la reina de Inglaterra. Judas es otro pedo. Su mamá es enfermera y es bastante estricta. A la Judas le va a ir bien en la vida, porque es disciplinada y lo que más quiere es que su mamá la respete. El pedo es que nos trata como si fuera nuestra jefa. Sobre todo a la Babis. Ya has visto, Madam. Se siente el capataz del rancho. Seguro ya te diste cuenta de todo. La Babis con Judas trae su guerra de poder, con Futuro se lleva entre los zapes y el cachondeo. Sólo conmigo está en paz.

—Y tú, ¿qué? Cuéntanos de ti. ¿De qué hoyo saliste? ¿Qué te gusta? ¿En qué andas? —preguntó Francia, envalentonada con tanta información.

—Yo soy del Edomex —sonrió y se tiró sobre el sillón con las manos en la nuca—, mis jefes me trajeron muy morrita aquí a la Laguna. Vinieron a poner un negocio de juegos pirotécnicos y no nos va tan mal. Mi abuela está muy viejita y nos turnamos para cuidarla. ¿Qué me gusta? Ni se lo van a creer, pero igual les cuento.

A la Márgara le gustaban los demonios, las historias de íncubos y gnomos y duendes calientes teniendo sexo con colegialas. Se excitaba pensando en estas cosas. Berta ya se había acostumbrado a las historias de vagas que contaban las muchachas, pero

Francia nunca había escuchado algo así y la regañó por pervertida y por cochina. Márgara siguió contando que *Cara de puño* era una de sus identidades en la web con la que se hacía pasar por un macho del tamaño de una casa, con cuernos, cola y de mucha potencia sexual. Además de la interacción regular, recibía propuestas de encuentros en vivo, casi siempre de otros que también se proponían como machos de mucha potencia y no podía evitar pensarlos gordos y de pene pequeño.

—No los veo en persona, pero juego con ellos hasta que se ponen groseros y tengo que bloquearlos.

—Si no los ves, ¿para qué los seduces?

—Es más que eso, Madam. Es otra realidad, son otras reglas. Ahí puedo ser un monstruo mamado, una conejita tetona, una demonia neón con seis ojos, puedo ser lo que me salga de los ovarios y echar desmadre mientras cuido a mi abuelita.

Francia soltó el trapeador y se recargó en el mostrador para escuchar. No sabía que existían esos chats.

—¿Cómo fuiste a dar ahí? Yo me la paso en el cel y nunca he visto algo así.

—Hay que buscarle, Francis. ¿Qué te calienta? A mí me laten las mujeres de dos cabezas y cosas así. Hago estampitas de distopías sexuales en una aplicación. Mira —le pasó el teléfono a Francia—, ahí vas a ver engendros verdes con patas de cabra y dientes puntiagudos persiguiendo a unas damas de ojos de serpiente y lengua bífida. Esas las hice yo.

Francia abrió mucho los ojos.

Resultó que Márgara tenía una colección millonaria de imágenes que circulaba en chats temáticos. La palabra *distopía* la había aprendido en esos chats. Otra de sus identidades era *Puta pendenciera*, una dominatrix con cola de tenedor y cabeza de pescado que entraba en las vaginas a dar placer con su trinche. Más que jugar al macho, con esta identidad, le gustaba seducir, en especial a un tipo con nombre web *Falión Dorado*.

Francia quiso ver al tal *Falión Dorado* y Márgara le mostró el avatar de un hombre superdotado con cabeza de perro.

—Ya ves, Berta, te lo dije, en internet puedes hacer lo que quieras.

Puta pendenciera

Grietas en los muros, negros sortilegios,
frases desolladas, poemas aciagos. ¿Sabes
de qué hablo, Falión? Se llama Alejandra
Pizarnik.

Falión Dorado
Me la quieres mamar

Puta pendenciera

Lee bien: Frases desolladas, poemas aciagos.
¡Negros sortilegios!

Falión Dorado
Me la quieres chupar

Puta pendenciera

No quiero ir
nada más
que hasta el fondo.

Falión Dorado

Maldita zorra

Puta pendenciera
Estás de la verga, Falión.

Falión Dorado

Las pirujas se calcinan en el infierno y sé
dónde vives,no te vayan a buscar.

Márgara llegó corriendo y sudando al hotel a buscar a Berta.

—Ahora sí necesito un paro, Madam —dijo frente a la puerta de su cuarto.

—La cosa se puso fea. Es Babis. Ábreme.

Berta abatió la puerta y Márgara se desplomó en sus brazos.

—¿Qué le pasó a Babis?

—Ve por el coche, Madam. Vamos al hospital.

En el trayecto, Márgara contó, entre mocos y llanto, que su ciberamiguito *Falión Dorado* la había amenazado.

—Le hablé a la Babis para contarle y ella dijo que elimináramos para siempre a esa *Puta pendenciera*, pero que había que entrar desde otro servidor a la cuenta para ver la actividad más reciente, checar si *Falión Dorado* seguía escribiendo y borrar las huellas.

—¿Qué le pasó a Babis? —repitió la Madam.

—Maneja y escucha —contestó—. Ahí voy. El caso es que nos quedamos de ver en la esquina de la casa de Babis y entramos por la puerta de la cocina con la esperanza de siempre: que Ramón no nos oyera. Ya había vuelto de Tampico. La casa estaba oscura y olía a comida pasada, a mota y a perros. Caminamos de puntitas hasta la puerta del cuarto de Babis y al abrir ahí estaban el Ramón y el Káiser acostados en la cama. "A escondidas entran las morras", nos dijo con voz de borracho. Se paró de la cama, lamiéndose los dientes y mirándome bien puerco. Babis se metió en el cuarto y le gritó a la cara que se sacara a la chingada. Me quise escabullir para quitarme del camino, pero me agarró y me pegó contra la pared. Me traté de zafar y se me untó completo por detrás. "Así te quería tener, pinche gorda sabrosa", me dijo, y Babis le gritó que me soltara. "¡Déjame, cabrón!" le dije yo y nomás me aplastó más y me dijo "flojita te ves más bonita, maldita gorda malagradecida". Le di un codazo en las costillas y dijo que era muy brava y que eso le gustaba. Babis le siguió gritando y Ramón muerto de risa le dijo a Babis, como si yo no estuviera ahí parada "dile a tu amiga que no me tenga miedo, que lo hago bien rico" y se salió del cuarto. El caso es que estuvo bien feo ese arrimón y nos quedamos un ratito abrazadas en lo que se nos pasaba el susto. Yo quería llorar pero me aguanté las ganas, porque la Babis es muy encabronadiza y si me ve sufrir, es capaz de ir a buscarlo con un fierro. "Vamos a borrar a *Pendenciera*, ándale. Olvídate de ese cerdo", me dijo, y pues no había nada más que pudiéramos hacer. Eliminamos la cuenta de *Puta pendenciera* y nos fumamos un churro acostadas en la cama viendo el techo.

—¿La Babis está bien?

—Pues no. La verdad no, pero todavía no termino. Tienes que entender lo que pasó. "¿Y ora qué hacemos?", le pregunté a Babis y ella dijo que lo de siempre. "Vamos al baldío, aunque sea sábado, armamos la fogata, le hacemos un mono a Ramón y lo quemamos despacio". A mí me daba miedo salir, pero ella dijo que no había pedo, porque Ramón estaba en el patio de atrás dándole de comer a los perros. Guardamos en una bolsa unos calcetines viejos, plumones, alfileres, *masking tape* y ligas para hacer un mono. Caminamos por el pasillo calladitas, cuando a Babis se le ocurrió una venganza. "Pérate aquí y vigila", me dijo mientras entraba en la cocina. Yo estaba culiada pero Babis igual se metió en la cocina. El Káiser estaba acostado en un sarape frente a la otra puerta, la de atrás, que lleva al patio de los perros y antes de que pudiera ladrar, Babis lo cogió del hocico, sacó de su morral el *masking* y las ligas y se lo cerró bien apretado. Káiser lloró un poquito y Babis le acomodó una tremenda cachetada. Miró la puerta y se fue hacia la estufa para escupir en la cena de Ramón. Mientras balanceaba un gargajo sobre la olla, Ramón abrió la puerta y vio a su perro con el hocico cerrado con cinta y ligas y a Babis escupiendo en su pozole. Lo siguiente sucedió muy rápido. Ramón se lanzó contra Babis y le restregó la cara en el comal caliente. Babis pegó un grito que sonó como si se la tragara el mundo y se hizo una nube de humo. Yo arremetí con toda mi fuerza contra Ramón, que se tambaleó y Babis pudo despegar su cara del comal y salir corriendo de la cocina, con tramos de la quijada rojo vivos y la piel del cuello colgando.

Las palabras otra vez, brujas cucas, ñaca ñaca. Una incisión invisible, se abre una boca, un abismo, humo, dos universos chocan, se revuelven, nada. Se siembra un chisme, una narración, un cuento, una mafufada negra, una perorata, un rollo, una crónica un relato un suceso una aventura una calumnia una patraña un lío, nada: una mentira. Dolores. Las cosas que nos pasan o las inventamos, es todo, se acaban, se cierra el telón, next, lo siguiente, saquen las pastas. Las noches tóxicas, calientes, sin méritos, absurdas noches muertas, noches insidiosas, de noche nadie sabe nada, de noche no pasó nada, de noche se miente y el deseo es negro, pinche gorda sabrosa y se confunde con la noche y teme y se hace cosa y crece una joroba y se la rasca con las uñas sucias y tiene cuernos de demonio, patas de lagarto y cola larga para que de noche se la pisen. Se cruzan como gatos los deseos, con saliva, con dolor y angustia, culpa, amor, horror, en ese orden, animales sin pudor fornicando en la banqueta los deseos, dan y quitan con chicote, con cogote y gárgola, con pérgola y pargo, con góndola y glándula y gónada y gárgara y galgo, vulgo y Volgo. Los deseos son pleitos, son catástro-

fes, cataclismos del cuerpo, un defecto, una imprecisión, un cromosoma animal, de perro callejero con las patas cortas, se lamen la cola, o no, como el Káiser, que no puede abrir el hocico y todo le sabe a sangre. Cómo se confunden esos dos: el poder y el deseo. Ramón es poder y Babis deseo. Quién da más. El poder quema. Los deseos son distintos. Los deseos son humores que se escapan de las fisuras, espacios ajustados y objetos acometiendo, son vanidad, necesidad, son admisiones de culpabilidad, confesiones, mentiras, son color y música las mentiras, como los disfraces y los versos, falsas criaturas para el placer, mentirillas, mentiras blancas, mentiras negras, mentiras concatenadas, armadas en súper mentiras como constelaciones y mitos; mentiras funcionales, como los gobiernos o la Coatlicue con su falda de serpientes, mentir para ayudar al otro, como la religión: ese dios te va a cuidar y te apuñala. Mentir por convivir, mentir por vivir, mentir por sobrevivir, mentir para crear, para imaginar, para superar la realidad, ¡qué bonito! y transformar la mentira en posibilidad, en realidad. La apología de la mentira, un elegante concepto, qué palabrota es esa apología. Mentira *en cambio es baja es corriente es nocturna y sexual, como* bujía *o* báculo *o* balata. Qué bueno que no existe la palabra* yáculo. *Si existiera, Ramón sería un* yáculo. *El peor de todos. Los* yáculos *podrían ser los que quemaban a las brujas. Eso diría Ligia. Los* yáculos *son tontos con cerillos. O* pureza, *qué palabra más sosa, se parece a* pereza. Bajeza, sutileza, belleza, entereza. *Poderosos esos sufijos, discretos, casi invisibles, monosilábicos, con apariencia de elevadoristas, pero con llave. ¿Es mentira? Sí. ñaca ñaca.*

¿Por qué nunca es cierto lo fantástico y siempre es cierto lo ordinario y vulgar y mezquino?, como que soy una mentirosa, pero el esfuerzo lo hago, no es menor, menor es no hacer nada, es quedarse en casa y no hacer nada, llorar, pensar en las piernas torcidas de Ligia, en Gimeno destripado, en Verónica, en la cara quemada de Babis, en cambio mentir es hacer mucho, es crear un mundo, uno que después hay que sostener con más mentiras y con dinero. Eso es invertirle al futuro, crear mentiras de difícil manutención, mentiras atadas a un deseo.

Pasaron tres semanas desde la noche del hospital. Babis había vuelto a las sesiones con una extraña máscara que sólo le tapaba la quijada del lado derecho, la ceja y parte del cuello, elástica y color carne, sostenida con resortes que le rodeaban la cabeza. No supo que Berta había pagado las cuentas del médico y tampoco lo sabían las demás. Márgara lo ocultó tras una mentira: que había canjeado un vale de buena salud que le dieron por ser conductora estrella de Uber. Esos vales no existían. Babis aceptó el regalo y no se dijo más. Berta estuvo de acuerdo. No lo había hecho para salvarla. Babis no era alguien a quien se salva. Lo había hecho por empatía. Después del temblor, aprendió a ponerse en los zapatos de los que sufren físicamente y pagar esas cuentas era un modo de refrendar su compromiso. Las muchachas dijeron que Babis había faltado a las sesiones porque "estaba malita". La mentira que le echaron a Berta y ella pretendió creer, era que se había accidentado con un plato caliente en la estufa. No era tan distante de la verdad, pero faltaba el factor Ramón y ella así lo prefería. Lo veía como una mentira que funcionaba para todas.

Por otro lado, estaba advertida por Márgara de no esperar un trato mejor al que recibía siempre de parte de Babis y le dijo también que no debía quedarse viendo su máscara. Tenía que comportarse como si nada hubiera pasado y como si nunca se hubiera ausentado, si no quería que reaccionara mal. Berta no repeló. No quería cometer la imprudencia de molestarla y perder el poco o mucho trecho que hubiera ganado al mandarle algunos libros en su ausencia, unas flores, unos cigarros y otros ejemplares unos días después.

—Babis, bienvenida.

—Ni sueñes, Madam. No estoy aquí por ti. Mejor no me hables.

—¿Te gustaron los libros?

—No mucho.

Berta no insistió. Su relación era puro equilibrio y había aprendido a apreciarla como era, porque además de generar la tensión necesaria para mantener a las demás interesadas, le dio las claves para desarrollar un plan. Se había vuelto evidente para Berta que era necesario llevar a las M45 a otro nivel. Una solución riesgosa, pero redonda: llevárselas a la Ciudad de México. Llevarse en su carro a las M45 hasta su casa en la colonia Florida. Tender un puente. Su aquelarre ameritaba todo su esfuerzo y su energía, su tiempo y su cariño. Quería dedicar todo lo que le quedaba a vivir entre poetas. Fuera por un tiempo corto o para siempre, funcionara o fracasara, su casa sería el santuario y ella la procuradora de la fantasía exacta.

Las vidas de las M45, fuera de ese baldío, no tenían dirección. El único propósito posible para Berta y su casa era el de albergar el futuro y custodiar la integridad del grupo, el único espacio mágico que había conocido, además de la Zona del Silencio.

Esa noche, Futuro se acercó a Berta para preguntarle qué había preparado y Berta sacó unos poemas de Idea Vilariño.

—¿Y quién es ésa?

—Una poeta uruguaya.

Futuro se subió a la llanta y calló a sus amigas.

"El Amor", dijo con la cara seria y luego respiró profundo, como si se tratara no del título del poema, sino de un tema difícil.

> Un pájaro me canta
> y yo le canto
> me gorjea al oído
> y le gorjeo
> me hiere y yo le sangro
> me destroza
> lo quiebro
> me deshace
> lo rompo
> me ayuda
> lo levanto [...]

Babis se paró y caminó alrededor del fuego.

—Me gusta —lo dijo sin entusiasmo, sin sorna, sin rencor—. Me gusta porque es una idea del amor bien trágica. Me gusta también porque no le sobra nada, porque no hace esos trucos que tanto le cagan a Futuro, no fuerza las rimas ni construye chingaderas para sostenerlas. Mira el amor desde el dolor. Es muy original. Muy genial. Quiero más.

Berta midió la situación. Sus risas producían una frecuencia. Le dio un trago a la cerveza y las miró. Parecían demonias:

—M45, quiero que me digan algo. ¿Qué es este grupo para ustedes?

Márgara levantó la mano, como si hubiera esperado esa pregunta exacta y dijo que para ella era como una casa de puertas pesadas y rejas bien altas, en la que se resguardaba del mundo. Las demás asintieron.

—Para mí también es la casa que dice Márgara —siguió Futuro— y el único lugar en el que me siento yo misma.

—Yo me siento feliz aquí con ustedes —dijo Judas—, son mi todo.

Las muchachas miraron en dirección de Berta y sonrieron.

Entre ellas se abrazaron y el amor se multiplicó. Berta sintió el sello del pacto, el punto sin retorno. M45 era más que la suma de sus miembros y estaban cruzando un umbral. Había llegado el momento.

—Vámonos a Ciudad de México, poetas. Yo invito. Ahí instauramos la casa oficial de las M45.

La Márgara se le aventó encima y Judas y Futuro se partieron de risa.

—Tas loca, Madam —dijo Judas—, ¿cómo nos vamos a ir así nomás?

—Es verano —contestó Berta—, ¿qué otros planes tienen?

Las morras se miraron entre sí y ninguna supo qué contestar. Berta era consciente de que no tenían planes, ni para el verano ni para después. Habían terminado la prepa y su destino era el trabajo. Las conocía bien y sabía que ninguna estaba lista ni dispuesta a trabajar, y aprovechó esa circunstancia para hacer su oferta a modo.

Del otro lado del círculo, detrás del fuego, Babis permaneció seria, mirando a Berta, que la miró de vuelta y Babis levantó el mentón y dijo entre labios, sin hacer el más mínimo sonido: "Te voy a chingar".

Futuro

Kpd, k hacemos con la Cñora

Suena bien irse al Defe

pero si nos secuestra y nos vende kpd

Márgara

Es ATM, no sean ojts

A guevo vamos

Judith

No creo k nos robe, la Cñora es gente y nos

quiere bien dic k la ksa es nuestra

Si se nos sale del huacal le quitamos el

cochenlo vendemos y negamos todo

Babis <3

esa Cñora me caga. No voy

Judith

Vas a ir, ni tienes dónde vivir aquí
Es tu oportunidad para salirte de tu casa

                                    Babis <3
                    Aquí me quedo con tu jefa
                  Ya en serio no creo ir Judas,
              Mi apá quiere que regrese a la casa

Judith

¿Con Ramón? No mames Bab
Quédate con la Márgara

                                    Babis <3
                  Ramón anda en un mandado en Tampico

Márgara

Según tú siempre anda en Tampico y luego mira
lo que pasa Que lo cuiden tus otros hermanos

                                    Babis <3
                          Esos ojts nomás le roban

Márgara

Pinches kbrns, pero tienes que venir
aquí no te dejo

                                    Babis <3
                  A la Cñora la siento pervertidilla

Futuro
Y tú bien sana y benevolente de tus
intenciones
Qué tiene tu apá?

Babis <3
Lo de siempre

Futuro
Tú Judith? Tu mamá no te va a dejar ir

Judith
Le voy a decir k tengo un trabajo mamalón en
la capital
y que de ahí me voy a Monterrey.
Tú dile a Sagrario lo mismo

Futuro
Yo digo que nos larguemos a la verga
pendejas, sí nos vamos, no le saquen

Márgara
Yo seguro voy, y ustedes también
Babis, no te rajes

Judith
Lo que importa es que la Madam nos va a
mantener.
Pisto y todo

Babis <3

¿De dónde sale la feria?

De un padrote, que conste que les dije

Futuro

Yo sí voy

Márgara

Yo también

Judith

Yo tambor

Babis <3

Yo depende

III

HALLAZGOS

Para Francia no era razonable que Berta la dejara por unas adolescentes groseras. Aún les tenía ojeriza por hacer sus fiestas afuera del hotel y ahora también por robarle a Berta. Le había ayudado a hacer los planes para llevarse a las muchachas a su casa en la Ciudad de México porque eso quería Berta. No lo hizo por convencimiento propio. La Márgara no le caía mal, pero tampoco confiaba en ella y menos en las otras. Según Francia, usaban a Berta para beber y fumar. La Márgara la tenía de cajero automático y de psicóloga. La usaban de aventón. De raite, de transporte VIP. La usaban de biblioteca. Abusaban de que estaba medio loca y de que creía en la brujería. Le daban por su lado.

Berta era capaz de aceptar que algo de cierto había en los razonamientos de su amiga. Nada podía hacerla cambiar de opinión. Prometió que volvería para ayudar con el hotel en cuanto las cosas se establecieran o en cuanto cada una encontrara su camino, pero Francia sabía que eso era imposible. Las cosas con esas morras no funcionaban así. Si regresaba no sería para ayudarla en el hotel sino para vengarse de las maldades que las M45 le harían y sería su propia culpa.

—Si se te descompone el carro en la carretera o se te acaba el dinero, te van a mandar por un tubo. El día que pase, te acordarás de mí. Ora vete a que te hagan mierda y me escribes, porque aquí ni perro que me ladre y tu pasándola suave con tus morritas. Ya veremos si te contesto. Por ahí me mandas fotos de tu casa y todo eso. También de tu viaje, pero ahórrate a las taradas esas. No las quiero ver. Yo no ayudo con las maletas a ningún huésped, pero tú eres tú y te ayudo porque la tía de la maleta ya se quedó a vivir en el triángulo de las Bermudas. Me daba ñáñaras tocar esa cosa. Qué tal que se abría. Ahora traes menos cosas.

Cerraron las maletas y las arrastraron hasta la entrada del hotel. De despedida, Berta le regaló una cafetera eléctrica y Francia a ella una playera del Santos.

—No te olvides de cargar el cel y si se te descompone esa carcacha, me avisas. Ahí me cuentas todo, pero mejor ya vete porque me pongo a chillar y no me gusta.

Berta se subió a su coche, bajó el vidrio, ondeó la mano como si fuera el papa y avanzó cuarenta metros para estacionarse de nuevo frente al baldío. La cita era a las diez de la mañana.

Había ofrecido seguir con su educación poética, transportarlas, hospedarlas, pagar la manutención, las cervezas y los cigarros por tiempo indefinido a cambio de que ellas mantuvieran la casa limpia, cocinaran y lavaran la ropa. Llevárselas con ella era la única forma de desafiar al destino. El propio y el ajeno. Las muchachas serían sus compañeras y sus discípulas, la poesía sería el lenguaje oficial, los espacios de la casa habrían de atender sus diseños y ella misma operaría la transformación a partir de su nueva identidad de Madam: dueña y señora del futuro, del dinero y de la casa.

Márgara fue la primera en llegar a la cita. La Madam la recibió vestida con una capa color morado obispo, botas y sombrero vaqueros. Tenía las cuatro puertas y la cajuela del coche abiertas, en un acto simbólico de bienvenida y para orear antes del hacinamiento. Márgara la miró.

—Quítate esa pinche capa, Madam. Es más, tírala al bote.

Llegaron Judas y Futuro. Saludaron, se rieron de la capa de la Madam y se sentaron en la banqueta a ver las pantallas de sus celulares y a esperar a Babis. Nadie quería subirse al coche hasta que llegara.

Un momento más tarde recibieron un texto grupal que decía: *MADAM, CHINGA TU MADRE. NO ME ESPEREN, PINCHES VIEJAS. ME FUI PAL NORTE.*

Las M45 voltearon a ver a Berta, que permaneció con los ojos intencionalmente dirigidos a la pantalla para ocultar su desconcierto.

Judas se paró de la banqueta y resopló:

—Hija de su putísima madre.

—¿Por qué no viene? —preguntó Berta con ojos de plato—. ¿Cómo que se fue pal norte? ¿Qué Torreón no es el norte?

—Madam, el norte es muy grande, hay muchos nortes, no seas ignorante, pero si lo que quieres saber es si se fue pal otro lado, no creo. Es muy floja y allá todo es jale.

A Berta se le vino el mundo encima. Debió saberlo, pero estaba distraída pensándose heroica al salvar a la joven mujer de su destino funesto. Se reprochó su propia ingenuidad. No la dejaba de sorprender; para bien, para mal, para pésimo.

—La Babis no se deja ayudar. Hace lo contrario a lo que le conviene —siguió Judas, visiblemente enojada—. Esto se te ocurrió cuando supiste del "accidente". Luego la viste con la máscara de calzón y te animaste, no te hagas. No es tonta, Madam. Primero muerta que darte el gusto. Si siente que quieres ayudarla, se va pal norte. ¿Me entiendes?

Márgara se separó del grupo y Berta la siguió con la mirada. Judas vio la interacción y señaló a su amiga.

—Seguro va a llamarle para tratar de convencerla. Márgara no se da por vencida, pero no va a lograr nada. Son patadas de ahogado. La morra ya no está.

—Tiene que venir —dijo Futuro, que a pesar de ser a quien Babis más maltrataba, la adoraba y le temía.

"Sin Babis, las cosas son otras. Sin Babis, no hay Babis", pensó Berta. De mil maneras, era mejor que no fuera, pero la idea le pareció insoportable.

—Vamos a buscarla.

Márgara volvió cabizbaja.

—No tiene sentido. No contesta el cel. Hablé a su casa y su apá dice que desde ayer se fue a Monclova. Le pregunté a qué chingados se fue y me dijo que a saber por qué hace las cosas esa morra.

—Tiene que venir —Futuro insistió.

—¿No oyes? Se fue a Monclova y mandó a la Madam a chingar a su madre, pobre Madam. Vámonos. Ni cabe en esta mirruña. Apenas y cabe Márgara.

Berta tragó saliva, porque, a diferencia de las muchachas, ella sabía muy bien a qué había ido Babis a Monclova: tras las huellas de Dolores. De ahí que le hubiera dicho la última noche: "Te voy a chingar".

—Vamos por ella a Monclova.

—Madam, si Babis dice que no va a venir es porque no va a venir. Tú eres chilanga y los chilangos dicen una cosa para que se entienda otra. Acá no es así. La Babis tiene sus ideas y sus planes. No le caes bien, pero no es eso. Si dice que se fue pal norte será por un mandado, una morra, un bisnes. No hay nada que puedas hacer. Ni siquiera ir por ella hasta allá. Ni modo. Vámonos antes de que se caiga el plan. No podemos depender de Babis.

La luz del día las hacía ver aún más jóvenes. Niñas casi. Pudo reconocer la emoción de la aventura simple, sin jaloneos ni pleitos, como habían sido las últimas tres semanas. Pero Berta sabía profundamente, íntimamente, que Babis se haría sentir en ausencia. La pregunta era cómo, cuándo, a través de qué mecanismos. Cómo le quitaría el sueño. Quizá las iría envenenando una a una hasta ponerlas en su contra. O tal vez se iría directamente contra ella, la acusaría de mentirosa o usaría su energía ambigua hasta confundirla tanto que terminaría por decir toda la verdad y pedir perdón. En todo caso, irse era la única alternativa.

—¡A la chingada de aquí! —gritó Judas mientras bajaba la ventanilla.

La Madam encendió el motor y las Emes lanzaron unos "arres" y unos "Hijos de la chingada, pinches chilangos, agárrense que ahí les vamos".

—Prefieren comer un pastel que sepa a caca o una caca que sepa a pastel —preguntó Márgara en el culmen del aburrimiento carretero.

Futuro contestó que ella prefería caca una que supiera a pastel, pero Márgara, con una seguridad que hacía pensar que sabía de lo que estaba hablando, le advirtió que si comes caca, te mueres.

—Depende de quién cague. Si es tuya Márgara, te pinches mueres nomás de olerla.

La conversación sobre caca y pastel duró un rato largo. Al llegar a Zacatecas, dos dormían y Márgara escuchaba música en sus audífonos. Berta trató de imaginar qué pensaría la gente al verlas cruzar la calle: una mujer de cierta edad, con lenguaje corporal y acento capitalinos, acompañada de tres jóvenes con rasgos físicos tan distintos a los suyos y entre sí que nadie apostaría por el parentesco. Sonrió al pensar cuánto hubiera disfrutado Babis abrir una conversación diciendo: "Se los dije, todos piensan que somos las golfas de la pinche Madam".

Se instalaron en un hotel del centro y más tarde salieron a cenar. Las M45 gritaron leperadas y se aventaron comida y Berta tuvo que pedir disculpas a la gerente y regañarlas en plena banqueta, como si fueran niñas pequeñas. Las M45 la imitaron y siguieron con sus dinámicas irreverentes, haciendo trenecitos en la calle y gritando groserías. Trataron de convencerla de que se fuera con ellas a un bar pero no aceptó porque al día siguiente tenía que manejar. Decidió darles trescientos pesos e irse al hotel a estudiar sus notas y hacer planes.

Las primeras hojas de la libreta tenían una serie de anotaciones tristes e inconexas, que fueron creciendo conforme las hojas avanzaban, volviéndose más ambiciosas, más raras, más suyas, hasta proponer la creación de la logia poética juvenil. Era su hechura, su deseo y ahora también su realidad. Sólo faltaba Babis.

Al día siguiente tomaron camino. Las muchachas venían crudas, apestosas y muertas de risa. Pararon en un puesto carretero a desayunar y Berta les pidió solemnemente que aprovecharan las sesiones, que escribieran mucho y leyeran todo lo que había en la biblioteca. Quería que buscaran sus intereses y sus voces poéticas, que hicieran el ejercicio serio de llamarse poetas. Las jóvenes asintieron en lo que comían sendos tacos de carnitas y bebían Coca-Colas.

Volvieron al coche. Judas prendió el radio y las Emes guardaron silencio un rato, hasta que recibieron otro texto colectivo: *PINCHES VIEJAS, LEAN MI POEMA Y LLOREN DE ENVIDIA. MADAM: CHINGA TU MADRE.*

Berta miró la pantalla. Así se haría sentir Babis: con su poesía.

El Mar, por Nancy Meza Leyva

Largura, infinidad, misterio
oscura tempestad acristalada
pozo, agua, nada
cripta de metal
agua encerrada

bravura, claridad salada
ligero cabalgar
agua seminal
vientre de peces
agua desatada.

"Debimos ir por ella", "Le hubiéramos rogado que viniera", "Es una gran poeta", "Quizá sea la siguiente Castellanos" fueron algunas de las frases que se dijeron en el coche después de la lectura.

Berta se dedicó a escuchar a las adolescentes alabar hasta el exceso el poema de Babis. *El Mar* no le había parecido extraordinario. De hecho, no le había gustado mucho. Le dio la impresión de que quería copiar las cualidades de la poesía de Idea Vilariño, con resultados mediocres. En un momento que encontró adecuado, se animó a decir que el poema tal vez tenía buen ritmo, pero no era un poema definitivo sobre el mar y el título era trillado. Las Eme se mostraron ofendidas y expresaron, en distintas formas del berrinche, que era el mejor poema sobre el mar que se hubiera escrito, que les valía madre lo que ella opinara. Llegaron al extremo de declarar que gracias a él ya no importaba si jamás llegaban a conocerlo. El mar era una cripta de metal y un vientre de peces, era largura, infinidad y misterio.

La Madam quiso arreglar la metida de pata y les pidió que leyeran de nuevo el poema, sólo para decirles que tenían razón, que era bestial, pero ellas se negaron y actuaron ofendidas un buen rato.

Berta intentó otro camino. En vez de darles por su lado, les dijo que debían ser más críticas, leer con miradas distintas, más nutridas, juzgar las cualidades poéticas y no a través de sus prejuicios, sino con la glándula de las palabras que habían desarrollado en sus lecturas. Las Emes la acusaron de mamona, de odiar a Babis por ser la mejor y saber más que ella y decidieron que si llegaba a mandar otro poema la Madam no podía decir nada, porque no usaba su propia dizque glándula de las palabras. Berta pensó que tenían razón, no era objetiva cuando se trataba de Babis, pero ¿quién en ese grupo lo era?

Márgara balbuceó un "chingue su madre".

—¿Qué tiene esa morra que no tengamos nosotras? Ahí les va:

Los gorriones de la mona

Por la calle vi pasar a dos gorriones,
brincaban, volaban, caminaban
y contra una lata de frijoles oxidada
sus caritas neuróticas tallaban.

—Está malísimo —dijo Judas—, pero me gusta. Hay algo de cierto sobre el amor.

—¿Ya lo terminaste, Márgara? —preguntó la Madam. Me parece que no, que le falta desarrollo.

—A mí me gusta la idea del gorrión hasta la madre —interrumpió Futuro—; lee otra vez.

Márgara volvió a leer con mejor dicción y el poema encontró su ritmo. Luego leyó otro sobre un gnomo violador que usaba una flautita de señuelo y más tarde Futuro cantó una canción de cuna que se fue transformando en reguetón. Berta guardó silencio todo el rato. El viento poderoso de la Zona del Silencio le paseaba por el cuerpo, como si se lo hubiera comido. Babis detrás de todo, como siempre. La lectura de *El mar,* el disparador de aquello que debía desarrollarse en la casa preparada.

Llegaron a León, contentas y muertas de hambre. Las llevó a un changarro y se atragantaron unos lonches. Más tarde fueron a dar al atrio del Templo Expiatorio Diocesano y ahí improvisaron un poema sobre expiar las culpas, un concepto sobre el que las M45 sabían poco. Al caer la noche instauraron la sesión. Berta compró en el templo un cirio pascual que haría las veces de fogata y una botella de tequila en un estanquillo. Bebieron en la plaza y hablaron sobre Sara Uribe, una poeta que, Márgara dijo que Babis había dicho, andaba en boca de todos. Judas empezó a caminar mientras leía en voz alta un poema en el celular que se llamaba "Antígona González":

Instrucciones para contar muertos

*Uno, las fechas, como los nombres, son lo más
importante. El nombre por encima del calibre de
las balas.*

*Dos, sentarse frente a un monitor. Buscar la nota
roja de todos los periódicos en línea. Mantener la
memoria de quienes han muerto.*

*Tres, contar inocentes y culpables, sicarios, niños,
militares, civiles, presidentes municipales, migrantes,
vendedores, secuestradores, policías.*

Contarlos a todos.

Las demás la siguieron, Berta al final, con su cirio
encendido. Judas leía con voz potente, las otras susurraban su nombre en voz baja: Sara Uribe, Sara Uribe,
Sara Uribe, contar muertos, Sara Uribe. Cruzaban
calles sin voltear, leyendo como coro a capela. Los
coches se amarraban frente a ellas, los conducto-
res gritaban mentadas por las ventanas y ellas los miraban y sonreían.

Esa noche se cambiaron el nombre a *Las Sara
Uribe* y decidieron que no leerían otra vez el "Antígona González" durante el viaje porque la estaban
pasando bien y no querían pensar en tanto muerto.
Que la vida real era suficientemente culera, pero que

leerían lo demás, esquivando a los muertos como les fuera posible.

Al día siguiente, ninguna se acordaba muy bien cómo habían terminado. Berta recordaba vagamente golpear con ambos puños el portón del hotel. Recordó a medias que las regañaron y las hicieron pasar en silencio a sus cuartos. Lo que recordó con perfecta claridad fue irse a dormir con la sensación de que las conocía por primera vez. Eran mujeres nuevas que leían a Sara Uribe y su propia poesía. Habían vivido circunstancias iniciáticas, más allá de la saturnal habitual en la que celebraran lo escrito por otras. Esa noche las llamó *Las iniciadas*.

*

PINCHE MADAM, ÉSTE ES PARA TI. NO LO COMPARTAS. CHINGA TU MADRE.

Somos luces en la noche
perros negros de perfil
cerros de noche
flores que se enredan de los tallos
y para separar hay que matarlas

somos el mal
huesos que no flotan en el pozo
cuevas negras
noches que pasan
seres invisibles

Somos una
nadie podrá distinguirnos cuando estemos muertas
dejaremos atrás lo mismo en gracia y en tormento
somos impronunciables
no tenemos estructura
nuestro cuerpo es nocturno

Compartimos manos
cuando me tocas te tocas
hablo y nos hablamos
en tu boca vive mi lengua

Hacemos una sola sombra
nuestras palabras callan
no puedes ocultarme nada

Somos alas de un pájaro menor
palabras sincopadas
redondas, redundantes,
rumores, versos olvidados
luces negras en la noche.

Llegaron a Querétaro al día siguiente, directamente al hotel Señorial. Berta lo había conocido de camino al norte. Se instalaron, descansaron un rato y cuando estuvieron listas, quisieron irse a la plaza de la Constitución a comer y a ver qué curiosidad se les cruzaba en el camino.

Hacía un calor discreto y soplaba viento. Los arcos, las iglesias, los balcones con sus medios toldos, las buganvilias y, en general, el ambiente del centro queretano, tan colonial como vacacional, las condujo a un estado de ánimo que denominaron "de niña fina". Quisieron cucharear una sopita y sorber licor en la plaza de armas para hablar sobre poesía virreinal; es decir, de sor Juana, con finura y delicadeza, con pereza y suficiencia. Berta propuso sentarse en los portales del Gran Hotel y todas pidieron consomé y licores y miraron la vida pasar, enunciando, sin contexto alguno, versos de la monja, hasta que Judas soltó una bomba.

—Amigas, iniciadas, colegas del verbo, adivinen de dónde es Sara Uribe.

—¿De dónde? —preguntaron al unísono.

—De aquí mero, del estado de Querétaro —dijo Judas levantando la cara hacia el cielo azul añil del atardecer.

Aquel gesto dio inicio a una nueva sesión, que se declaró abierta mediante un rito pagano que consistió en encender cigarros y leer los cuatro poemas de Sara que habían encontrado el día anterior en internet, evitando, como elefante en la sala, el "Antígona González". Berta sacó de su bolsa lo que quedaba del cirio pascual del templo Diocesano y lo encendió. Tomaron unos tequilas derechos y se echaron a caminar, medio tocadas por el trago.

Un teporocho en patines las siguió y lo llamaron Felipe. Berta le dio unas monedas para que dejara de seguirlas, pero Felipe se las aventó a la cara. No era dinero lo que quería. Sólo ver y ser visto.

Frente a un museo encontraron una banca con la escultura de un hombre de bronce sentado en ella. Una por una, se montaron en él para simular que fornicaban o de plano lo violaban y se tomaron fotos obscenas lamiendo su entrepierna de bronce o perreando sobre la escultura.

Berta estaba de fotógrafa cuando el guardia del museo salió a gritarles que dejaran en paz al maestro Cervantes, según él, el más grande poeta queretano de todos los tiempos. Las muchachas le dijeron que declamara algo y el guardia dijo que nunca lo había leído. Se burlaron de él.

—Ya está grandecita para estos juegos, señora. Berta intentó no sonreír, pero no supo contenerse y soltó una carcajada que el guardia no apreció. Rodó los ojos y se metió de nuevo en el museo.

Sin dejar de mortificar al poeta de bronce, dedicaron un rato a hablar sobre poesía lésbica que, según Márgara, estaba de moda en los foros de internet y, según Futuro, desde el siglo XVII. Recordaron un poema que Babis citaba en la exaltación del amor, de una tal Mary Albers.

Márgara, que siempre fue memoriosa, lo declamó sentada sobre el hombre de bronce:

Todavía suenan las ambulancias afuera.
Estoy aquí, abajo de ti.
Estoy aquí, encima de ti.
La ciudad de los derrumbes nos olvida.
El andamiaje de tus muslos nos sostiene.
Mi piel te cubre.
Oscilo sobre ti con mi peso.
Caes sobre mí con tu ligereza.
El imán de tu cuerpo me levanta desde el centro.
Estoy arriba, estoy abajo.
Estás en medio.
Estoy rota.
La ciudad está gritando allá afuera.
El metal de la sangre me llama.

La Madam se fue a dormir y las Sara Uribe se pasaron el resto de la noche en las calles del centro, buscando el bajo mundo queretano y fueron a dar a un tugurio feo, como los que frecuentaban en Torreón y llegaron al Señorial otra vez de día, borrachas y sintiéndose, cada vez más, las únicas y originales Sara Uribe, M45, jefas de la noche y señoras de la madrugada.

Márgara, kpd. Te cuento en chinga: Ando en Monclova, ya te dijo mi apá. Por pendeja, en un pleito, le dije al Ramón que me iba a la chingada de aquí para siempre. Me amenazó con que si me iba, se cobraba con mi amiguita. Igual me fui, pero nomás unos días acá a un mandado. Luego te cuento. Lo bueno que no sabe que tú no estás ni dónde estás. No regreses hasta que solucione el asunto con este puto. La Madam me vale madres, según yo esa ruca es pura mentira inofensiva. Yo sólo quería irme de aquí para descansar de estos jijos de la chingada y estar con ustedes, pero mejor me pongo a mano con este pendejo antes de pelarme. Claro que me da miedo, pero tú no tienes que temer porque mientras yo cumpla, Ramón no te hace nada. DiCn en la clínica que mi papá no puede quedarse solo. Que ora es incontinente por la cirrosis. Anda de pañales. No les digas nada a esas malditas porque les hablo a tus jefes y les cuento tus mañas cibernéticas, cochina.

En días recientes había tenido muy presente lo que pensó cuando compró la casa: que la habitaría con Verónica. Quizá por eso había escogido una tan grande. Para que cupiera el porvenir y como no llegó, la sintió siempre deshabitada, como si Ligia y ella no hubieran juntado suficiente vida para justificarla.

A las muchachas les hacía ilusión llegar a la casa, sobre todo porque no sabían qué esperar. En el último tramo carretero decidieron que dejarían el nombre Sara Uribe para los viajes, y para habitar la casa, volverían a ser las M45. Hablaron sobre qué harían para apropiarse de ella. Berta las escuchaba, pero no podía atender. Seguía pensando en *Somos luces en la noche.* Había partes del poema que le hacían sentirse Ligia; sin estructura, sin habilidad. Otros versos le gustaban mucho, pero temía interpretarlos mal: *compartimos manos, cuando me tocas te tocas, hablo y nos hablamos, en tu boca vive mi lengua* y finalmente, un verso le daba temor directo: *Nadie podrá distinguirnos cuando estemos muertas.* ¿Babis sería capaz? Las conversaciones que tenían las muchachas sobre ella le parecían frívolas, fuera del verdadero espectro de su poder. Berta especulaba y paradójicamente, se consolaba en el hecho de que Babis escribía mensajes, de tal modo que estaba viva y aburrida.

Cruzaron Cuautitlán, Tlalnepantla, Naucalpan. Se pararon en una tienda a comprar colchones inflables y de ahí al segundo piso del periférico. Les gustó el desorden de la ciudad, el hacinamiento y el atiborre de información inútil. Abrieron las ventanas y respiraron el esmog, como si fuera perfume. Gritaron a todo pulmón, pero luego quedaron atrapadas en el tránsito y el aire café las hizo toser y ya no les pareció que oliera a perfume sino a gato muerto. Entraron en Avenida las Flores y el coche se acercó a un portón de madera oscura con una aldaba dorada en forma de mano sujetando una esfera. Un muro de ladrillo pintado de blanco la soportaba. "La casa preparada", dijo Berta, mientras detenía el auto.

Se bajaron y entraron. Un jardín semicircular de pasto crecido rodeaba la casa. Al centro había una mesa de herrería oxidada y seis sillas. Al fondo la fachada de ladrillo pintado, oscurecida por la enredadera y la mugre. Ventanas altas, herrería negra, lóbrega, techo de dos aguas. Otra vez el esplendor yerto.

No se habían imaginado algo así de misterioso, casi adverso a Torreón y a sus lógicas. Miraban a la Madam y la casa, con bocas abiertas y ojos incrédulos, tratando de buscar vínculos entre ellas. Berta les hizo un gesto indicando que podían avanzar.

—¿Qué es esta pinche casa?

—Ábrale, Madam.

—¿Hay bar?

—¿Podemos traer gente a dormir, Madam?

—¿De qué tamaño es la tele?

—¿Quién va a cocinar?

—Zafo dormir con Futuro.

—Zafo con Márgara.

Berta abrió la puerta y se metieron a empujones y se dispersaron como cucarachas. Para explicar el equipo hospitalario instalado por todas partes (rampas, barandales, una camilla de masaje en la sala), les inventó que antes de ser suya, había sido una casa de asistencia para personas mayores. No preguntaron más.

—No está tan pinche, pinche Madam. Aunque huele a anciano. Qué pedo con que no hay camas. ¿Dónde ponemos nuestros colchones? —preguntó Futuro mientras recorría el pasillo hacia los cuartos de un lado al otro.

—¿De quién es éste? Pido dormir ahí —dijo Judas al entrar en la habitación de Verónica.

Berta las ignoró y se aventó sobre el único sillón que quedaba. De los cojines salió una nube de polvo. Cerró los ojos y por un momento se olvidó de Babis, de Ligia y de Verónica y se concentró en los pasos y las risas de las iniciadas recorriendo su casa.

—Está bien chingona esta casa —gritó Futuro—, aunque bien descuidada.

—¿Les gusta?

—Somos pobres, no pendejas, Madam. Claro que nos gusta. ¿Puedo dormir en el cuarto que no tiene alfombra?

—Aquí va a ser el bar, muchachas —gritó Márgara al bajar una escalera y descubrir una biblioteca subterránea. Las demás la siguieron para ver de qué hablaba.

—Ponemos una hielera —siguió mientras subía un pie a una mesa metálica que había sido de los abuelos—, quitamos este cuadro y ponemos un espejo y las botellas en frente, pa que se vean chingonas.

Berta bajó y encontró a Márgara parada sobre la mesa que había sido de sus abuelos, hablando sobre el posible bar y tocando todo sin respeto por lo ajeno. Sintió ganas de echarla a patadas.

—No toquen.

—Ah chingá. ¿Cómo que no toquen? ¿Nos vas a tener como en aparador? ¿No te gusta la idea del bar o qué? Bien que te gusta la botella, Madam, no te hagas —Berta resopló y Márgara siguió—. Oh, perdón, no sabía que eras tan sensible, lo siento, no vuelvo a mencionar tu problemita.

Estuvieron un buen rato ahí, discutiendo el bar y qué novelas leería cada una a partir de lo que Berta les iba contando: "Ésta trata de la vida de Adriano, sus años como emperador romano, sus triunfos militares, sus reflexiones sobre amor y amistad, sobre poesía, música, sobre su amante, un varón, por cierto".

Márgara metió los dedos en un recoveco apretado y sacó *Cumbres Borrascosas,* de Emily Brontë.

—Ésta es una película, según yo.

Berta suspiró. Márgara se subió en la mesa metálica, abrió el libro y leyó la dedicatoria de la primera página:

Distrito Federal, a 19 de septiembre de 1984

Para Berta en su cumpleaños, con todo el cariño del mundo.

Tu tía que te adora.

—¿Quién es tu tía que te adora?

Tengo mucho que contarte pinche Babis y ni tiempo de escribir. Orita es bien tarde y no puedo dormir en esta casa rara y pos ay te va. Tamos bien, el viaje estuvo chingón y te extrañamos pinche mamona. Qué tanto haces en Monclova y como sigue tu apá? No regreses a Torres. Vente paká. Hay algo k quiero decirt pero no kiero k t enojes y cntigo nunca se sabe. Cdo acabaste en el hospital y fui a tu casa a sacar tus csas me di una vuelta por el cuarto de Rmn. Lo único que encontré fueron mis pants grises en un cajón y me enchilé. Pinche puerco ve a saber qué hacía con ellos seme trepó el chamuco y uns días después entendí algo bien siniestro: Rmn es Falión Dorado. Me di cnta pork me puse a pensar en cómo vergas vengarnos y a repasar las pendejadas que decía y analic las palabras que usaba. Te acuerdas cuando te dijo "dile a tu amiga que lo hago bien rico?" Falión siempre andaba con que el tamaño de su verga, que su cuchillo, que lo hacía bien rico, que las perforaba, las traía a todas muertas, que le rogaban por más, pura frase de malamante y otro día pndjeando en mi casa analic el avatar de Falión que era un bato mamado con aretes en los pezones y cabeza de doberman y pensé ah chinga. *Me fijé bien y qué crees era el Káiser con su collar de estoperoles no mames acerqué la foto lo más que pude y ahí estaba el Káiser.* Falión es Rmn. K vergas, cómo ves? *Qué pendeja fui. El caso es que me emputé más y resurgí como* Hada negra. *Cuidé un chngo que Ramón no se diera color de que yo era yo y empecé a provocarlo a decirle que me la metiera y el bato andaba feliz y ya cuando lo tenía bien agarrado de los güevos, poco a poco lo fui debilitando y diciéndole que no sentía su vara, que era más bien como un dedo pulgar, que igual no estaba tan bueno como decía. Al principio él bien gallito, me ofendía y me insultaba diciendo cosas horribles y amenazas de narquillo, pero luego ya andaba bien ofendido. Quién sabe qué habré dicho que le cayó mal, seguro porque era verdad y cuando lo sentí más débil lo empecé a asustar diciéndole que estaba con unos narcos que decían ser sus enemigos, que traían proyecto de castrarlo y le decía que se iban a quedar fríos cuando le bajaran los calzones y se dieran cuenta de su medio lápiz y que mejor lo iban a buscar pa sacarle otro órgano porque pito no tenía, el corazón mejor porque eran chichimecas y comían corazones y que el suyo de doncella debía estar bien sabroso bien puro pequeñito como botana. Intentaba defenderse, pero se le fue quitando lo macho y se puso casi a chillar lágrimas de emoticón a rogarme k le perdonara l vida y yo diario lo chingaba un pokito con algo que lo hacía sentir pequeñito y él chillaba un pokit y se escondía y yo le decía que andábamos cerca que por Tampico y él sufría y me rogaba que lo perdonaran y yo le decía que lo vimos en un bar, bien puto, restregándose con otro bato y* le explicaba cómo lo pensaban matar mis amantes, que eran seis, bien vergones y malos, de maldad que él ni conoce y él me rogaba y decía que no fue él, que fueron sus cuates ve tú a saber de qué hablaba y yo le decía que a mis amantes no les gustan las niñitas chillonas y así me la llevé como media hora diaria mensajeando bien tarde que yo sé que está pisteando slo o con los hdspm pensando en todo el mal que ha hecho y así lo fui torturando y asustando con que andábms cerca y creo que por eso regresó a Torreón. Es mi culpa Babis lo siento manita en vez de ayudar por mi culpa no pudiste venir perdn no te enojs tqm.

Cdt.
La casa es de película de miedo, se v k fue bonita pero está bien deteriorada igual k la Madam aunque sigue teniendo lo suyo, pork está grandota y hay unos cuadros bien tétricos y una biblioteca en el sótano que convertimos en bar. Esta Madam es un misterio, pero es chida. Por cierto tus poemas están bien bonitos. Le diste duro a Wikipedia, te pasas, dice la Madam que son soberbios, como tú, la muy cursi.

K opinas de este que escribí.

El gallo negro

Cayó un gallo negro del puro cielo
sangre en las patas y en el pico
y caminó con paso titubeante
por las oscuras rutas
de la noche apabullante

el cuerpo de obsidiana
los ojos de balín
el pico filigrana
la cresta de satín

gallo negro gallo negro gallo negro
esta tierra no te quiere
este aire no te va
mejor corre, corre lejos
gallo negro
gallo sangro
ave sin vuelo
que de mis siete espejos
seis son hachas
y el otro es tu reflejo.

A la mañana siguiente, mientras Berta platicaba lo que sabía sobre las brujas de Llerena y los ritos iniciáticos que Ligia le había descrito en la niñez, las M45 exprimieron naranjas y frieron huevos en absoluto silencio. Berta llegó al extremo de imitar, en mitad de la cocina, a la bruja del Casar de Coria bailando en un claro del bosque y luego tomada por un ataque epiléptico y espumando por la boca con jugo de naranja.

—Lo que ustedes hacen de noche, no es muy distinto a lo que hacían las brujas de Llerena en sus aquelarres.

Las morras se pitorrearon de risa y la llamaron "anciana pervertida", pero les atrajo la idea de iniciar las sesiones en la casa preparada con un aquelarre.

—Por lo menos, así le vamos a decir por el puro gusto de echar desmadre —dijo Futuro.

El día se les pasó volando entre risas y planes para esa noche. En cuanto oscureció, se vistieron con batas de Berta, se hicieron peinados y se amarraron trapos en los brazos y en la cabeza, salieron al jardín y armaron un fuego, pero esta vez, en lugar de empezar con poesía, convocaron a Babis mirando al cielo con Berta como médium. Berta dudaba que una médium pudiera convocar el espíritu de una persona viva, pero guardó silencio porque ninguna sabía lo que estaba haciendo y nada les impedía improvisar. Se paró frente al fuego, levantó los brazos e intentó poner los ojos en blanco y revivir su experiencia en la Zona del Silencio. Márgara, mientras tanto, gritaba: "Babis, ¡ven!, ven aquí, ¡aparece entre nosotras!, flaca de oro, calcetas, camina sobre el fuego, Babas, ¡ven!, nos haces un chingo de falta, ¿dónde estás?, ¿quién te crees?". Las demás caminaban por todo el jardín, ondeaban sus batas y susurraban el nombre de Babis, como lo habían hecho en León con Sara Uribe. A Berta la recorrió una carga de energía potente.

—¿Sintieron ese poder?

—Simón, lo sentimos siempre, pero le llamamos feminismo. Tú eres de otra generación y en tus tiempos no sabían nombrarlo. Por eso te clavas con tus brujas, pero es lo mismo —dijo Judas.

Para Berta, esas concesiones eran la prueba explícita de que la habían admitido en el grupo. Los ritos iniciáticos, las confesiones, las lecturas de su propia poesía y, sobre todo, la ausencia de Babis había cavado el hueco que ahora ocupaba.

Terminaron el rito con un grito colectivo y se sentaron en el mismo orden en que lo hacían en el baldío, dejando a salvo el lugar de Babis con un ladrillo.

Judas repartió cervezas, Futuro prendió cuatro cigarros y se prepararon para leer la poesía que Babis había mandado.

Berta se subió en la mesa metálica de los abuelos. Con las piernas abiertas y voz potente leyó:

Lean y lloren, porque yo sé mucho y ustedes NADA.
MADAM: CHINGA TU MADRE.

Antiguo

Me inquieta la belleza de tu nombre, Cartago
La marea de mis noches de isla
se lleva las letras
al mar

el primero de los Bárcidas te crio
confinada en agua
espléndida Cartago
y pasajera

no cejaste ante el rigor de mis metales

Tuve que abatirte
isla africana
—

Mediterráneo

Que no se duerman las aguas caldas
ni se enmohezca mi boca
he de sacar de ahí el hilo fino
con que voy a ahorcarme

que no se haga el silencio en mi oído
ni me coma la bestia del insomnio las palabras.

La gloria y el horror me bastarán
y en la campaña enrojecida me dirán romano
los dioses me verán pasar altivo
y pensarán en que los siglos volverán a devorarme.

Fue Escipión, el Africano, el único en cruzar a Aníbal
con su espada
pero fui yo quien se bebió su muerte.

Márgara, no hay fijón. Ahora traigo un problema nuevo. Te paso el resumen no pak te asustes sino pak sepas que me ando moviendo y en una de esas me ven más pronto de lo k esperas. Estoy de regreso en Torreón y el otro día el Káiser me mordió una mano. Me perforó la pinche vena. Casi se veía el piso por el hoyo, me fui a curar a la clínica y de regreso lo maté. A la verga. Le puse veneno para ratas en la comida y amaneció tieso y lo arrastré hasta el patio y me salí antes de que Ramón se despertara. Una de mis nalgas me prestó dinero. Me voy a pelar de Torreón. Te mantengo al tanto.

Cuando la Madam no veía, las iniciadas platicaban acerca de ella y reconocían que sentían cariño y hasta respeto. En Torreón siempre cumplió sus compromisos, se presentaba con las cheves y los poemas a cambio de nada. Cuando le tocaba, apoyaba con las cosas que hacían falta. Se podía contar con ella, cosa poco frecuente entre sus conocencias. Por otro lado, se tomaba en serio su educación poética. Se volvió imposible negar que la Madam era parte del grupo y ya no una mascota. M45 de pies a cabeza. Querían mostrar que estaban agradecidas. Temían que la Madam pudiera enojarse por la guerra que dieron durante el viaje y porque todas se pitorrearon cuando Futuro dijo que le gustaba la botella y otra vez cuando les contó sobre las brujas de su abuelita.

Para preparar su sorpresa, esperaron a que la Madam se encerrara en su recámara a hacer sus cosas personales. Cuando estuvieron listas, la sacaron de su cuarto con una mentira.

—¡Sal, Madam! ¡Tu casa se quema! —gritó Futuro junto a la puerta del cuarto. Berta estaba al teléfono con el vecino que quería comprar de vuelta el coche.

—No molesten por favor. Estoy dormida.

—Sal, Berta. ¡Se quema todo! —gritó Judas.

Berta sonrió al imaginarla haciendo sus gestos exagerados. Colgó el teléfono y salió del cuarto. Olía a quemado. Judas incineraba papeles hechos bola y los dejaba caer al piso para que terminaran de consumirse.

—¿Qué hacen, muchachas? No me vayan a desgraciar la casa.

—Tenemos que hablar contigo, Madam.

Berta se cruzó de brazos, dijo en voz baja "hijas de la chingada" e intentó meterse de nuevo a su cuarto, pero Judas se interpuso.

Con caravanas y ceremonias, la invitaron a bajar la escalera, aduciendo que en la sala la esperaba una sorpresa. Berta aceptó y bajó, temerosa de encontrarse a Babis apuntándole con su palo. Antes de pisar el último escalón, intentó cazar la mirada de Márgara en busca de pistas, pero ésta sólo cerró los ojos y repitió su caravana.

La estancia estaba iluminada por velas, limpia y perfumada. Los pocos muebles redistribuidos y los espacios decorados con objetos improvisados. Parecía otra casa. Las iniciadas habían metido la mesa y las sillas del jardín y preparado una cena que descansaba en los platos en los que comía con Ligia. Chamorro adobado y arroz y una gelatina de rompope.

Berta soltó una carcajada, luego le vino un conato de llanto, se tapó la boca y los ojos se le llenaron de lágrimas.

—¿Qué es esto? —preguntó sorprendida.

—Te hicimos una cena para que ya no te azotes por Babis, Madam —contestó Márgara, dándole palmadas en la espalda.

Futuro jaló la silla de la cabecera e invitó a Berta a tomar asiento.

—Aquí vas tú, Madam.

Berta se sentó y las jóvenes declararon abierta la sesión, sirvieron los platos y describieron la comida como los manjares de su tierra. Berta no paraba de sonreír.

Cenaron al son de unas cumbias laguneras, se sirvieron doble y hasta triple ración de chamorro mientras discutían la poesía marcial de Babis y daban largos tragos de cerveza.

Cuando terminaron de cenar, Futuro pidió leer un poema y trasladaron la reunión a lo que alguna vez había sido una sala. Se sentaron sobre cobijas y toallas que dispusieron a manera de tapetes, prendieron cigarros, abrieron más cervezas y Futuro se paró en el templete; que alguna vez había sido la mesa metálica de los abuelos y afinó la voz:

Qué más da la luna si no la nombras, poeta.
Qué más da su redondez si callas

su inmensa blancura negra
sus ramajes
su perfil de luna.

—Futuro. ¿Qué haces? —interrumpió Berta.
—Pos leyendo. Me encontré esta libreta en la biblioteca.

Escribes el rumor de luna

—¿Y quién te dijo que podías sacar y leer lo que te dé la gana?
—Tú mera. En el coche dijiste que leyéramos todo lo que había en la biblioteca.

enuncias sus caras y la llamas luna.

—Ya no leas, Futuro.
—¿Por qué no? Es tuyo, pinche Madam. Lo sospeché. No lees tu propia poesía y nos tienes de tus changos de circo leyendo nuestras pobrezas.
—Madam —dijo Judas, echándole un brazo sobre los hombros—, tu poema está bonito. No seas tímida.

No he sabido de ti. Tan ocupada te tienen las morras pa-
yasas que ni tiempo para mandarme un correo o de perdida
un whats *a ver si me cuentas algo. Según yo llegaron hace*
cinco días a casa de tu tía Ligia. Cdt. Vino el fumigador y
encontró un nido de cucarachas en un hoyo en la escalera
y la cucaracha reina es una masa blanca y pegajosa que casi
no se mueve ya la mataron y le salió el relleno por el buche.
Las demás corren por todo el hotel y son mil o un millón
y se fue toda la clientela eran dos huéspedes nomás, unos
camioneros. El fumigador ha salido peor negocio que tus
noches ruidosas en el baldío. El Estival va mal y quizá
vamos a cerrar aunque no sé si es mi culpa o de plano ya
nadie se para en el centro de Torreón pero casi no hemos
tenido huéspedes y mi mamá dice que deberíamos vender el
hotel y que me vaya a vivir con ellos, pero yo no me quiero
ir porque soy de aquí. Ellos no entienden porque vienen de
Chihuahua que esta ciudad embruja como dijiste una vez.
Ya ves cómo quedaste tú porque hay mucho vicio y mucho
pisto y eso es malo y bueno, pero aquí sabemos vivir así y
se aguanta bien la miseria climática y otros males de acá,

región tan alejada de dios. El problema son los de afuera que no saben ni cómo ser con tanto de nada. Nomás de verte he aprendido mucho. El lagunero, a diferencia del chilango o del regio tiene un encanto especial que apendeja. Ve nomás cómo quedaste.

Por cierto, el Santos es el primero en la tabla y para mí que va a ganar. Ya toca.

*

Berta subió a su cuarto cerca de las tres de la mañana, tomada y contenta. Le contestó a Francia un mensaje borracho en el que le narró que el plan era un éxito rotundo. La lluvia no amainaba y pasó un rato mirando el techo, sonriendo y escuchando. Pensó en Ligia, en Verónica, en Francia, en Babis. Las muchachas la habían convencido de leer sus poemas y acabó recitando algunas estrofas de "Ciudad en silencio" y pedazos de otros de memoria.

"Torreón", dijo entre suspiros y se quedó dormida. La despertaron los campanazos. Era la madrugada y seguía oscuro. Se tardó un momento en reaccionar e incluso quiso volverse a dormir porque seguía medio borracha, pero sonó de nuevo la campana, más fuerte. Más repeticiones. Fue a asomarse por la ventana. No se veía mucho, salvo el farol de la calle detrás del chubasco negro. Prendió la luz de noche y se echó encima la bata, metió los pies en las botas y corrió escaleras abajo. El diluvio se comió el sonido de sus pasos.

Las luces dentro de las habitaciones de las iniciadas se encendieron. Berta dudó en atender la puerta. "Que vaya una de ellas", pensó, "la culpable", pero no pudo esperar a que salieran porque la campana insistía y se escuchaban también unos gritos: "Berta, Berta, abre la pinche puerta".

Respiró profundo y tomó un paraguas del perchero. Cruzó el jardín corriendo, mojándose las piernas y las botas, hasta encontrar resguardo en el techo del garaje. Las muchachas miraban desde el vestíbulo, agazapadas en el marco de la puerta y gritaban: "¿Qué pasa, Madam?, ¿quién es?"

—¿Quién toca? —preguntó Berta, molesta.

—¡Abre la pinche puerta! —contestó la voz, desgañitándose en alaridos.

—¡Que quién toca! Son las cinco de la mañana. Vete de aquí.

—Que abras la pinche puerta, pinche Berta.

—¿Babis? —preguntó incrédula.

—¿Quién más va a ser? ¿Tu novio? Abre, carajo.

Berta abrió la puerta y se encontró con Babis parada en mitad de la calle, bajo la lluvia, con sus calcetas a rayas y sus shorts de siempre.

—Pinche Madam, me debes la feria del autobús. Ora. Quítese —dijo viéndola con ojos de diabla. Cruzó el jardín como si hubiera estado ahí mil veces y Berta la siguió, tratando de cubrirla con su paraguas.

—¿Qué haces aquí? —preguntó Berta.

—¿Qué te importa? —respondió Babis mientras abrazaba a sus amigas.

—Eres un fraude, Madam. Ya me enteré que nos echaste cuento con lo de Dolores. Ni la conociste ni eres maestra de prepa.

Berta se quedó de piedra.

—Márgara, ándale, tráeme una toalla.

—¿Cómo? —preguntó Judith—. Entonces, ¿de dónde saliste?

—Berta trató de contestar, pero sólo balbuceó.

Judas miró a Babis.

—¿Y tú cómo sabes tanta cosa?

—Me contó la hermana de Dolores.

—¿Y Dolores? —preguntó Futuro.

—No aparece y esta siniestra no la conoció. Fue pura mentira para acercarse a nosotras. Ora, Márgara, unos pants.

—Hija de la chingada —dijo Márgara—. ¿Y cómo sabías de Dolores?

—Nos espiaba desde el hotel. Nos escuchaba desde la ventana de su cuarto —dijo dirigiéndose a Berta—. ¿Te hacías tus chaquetas o qué?

—A mí, me vale verga —interrumpió Judas—. Pinche Madam lengua, pero la verdad, la verdad, la mera verdad, a quién le importa. Aquí hay algo y es gracias a la Madam.

—Pinche esquirol. Se me hace que estás coludida, pinche vendida.

—No me hables así, Babis.

—¿Por qué la defiendes? ¿Te paga o qué?

Judas se enojó.

—Tú te fuiste a Monclova y nos dejaste plantadas para chingarte a la Madam. Me dijo Márgara. Si lo niegas nos partimos la madre ahora mismo, que te traigo ganas.

Babis se le acercó demasiado.

—No me tientes, bonita, que te dejo un hoyo. Y tú, pinche Márgara, ¿qué les contaste, pinche chismosa?

—Que te fuiste a Monclova, cabrona, eso lo sabe hasta tu jefe. Y no me dijiste que no les contara de Monclova, sólo lo de Ramón.

—¿Qué de Ramón? Ya párenle con ese pendejo porque van a acabar en un tambo en la carretera.

—Cállate, Futuro. Esto no es contigo. ¿Qué les contaste, Márgara?

—Para sobar soy buena, pero si digo que tu hermano es un cabrón que mata, entonces cállate, Futuro. Si así te gusta, te llevo flores al cementerio, maldita.

Babis negó con la cabeza viendo a Futuro, pero no le dijo nada y volvió a la carga con Judas.

—¿Por qué te enojas conmigo? Enójate con Berta.

—La Madam es una vieja lengua, pero la verdaderamente ojete eres tú, porque la estamos pasando a toda madre, chelas pagadas y viajes locazos y tú vienes nomás a cagarte encima de todo.

Babis sonrió.

—Son bien pendejas. Esta discusión no va pa ningún lado. Está cabrón que se dejen coger por una vieja necia y mentirosa y a mí me manden a la verga, pero allá ustedes.

Se sentó en el sillón con las piernas abiertas, prendió un cigarro y se sirvió un tequila mientras todas la miraban, de pie alrededor.

Judas seguía enojada y le dio un zape.

—Ora, Judas. Te perdono. Ya cálmate —dijo con el cigarro colgando de la comisura de los labios.

—¿Por qué viniste, Babis? ¿Qué pasó? Di la verdad.

—Porque quise. ¿Y qué? Saquen el churro —dijo frotándose las manos.

—Si viniste a decirnos que la Madam había inventado que conocía a Dolores, nos mandas un *whats* y aquí la ajusticiamos. Mejor dinos qué pedo ya en serio.

—Oh qué la verga. Tengo pedos con Ramón.

—¿Qué clase de pedos?

—Le maté al perro.

—Pinche Babis. ¿Le mataste al dober cursi que tiene cara de príncipe de Berlín? ¿Qué vamos a hacer?

—Pos vivir aquí con la ruquita pervertida en lo que se calma —contestó mirando a Berta y sonriéndole por primera vez desde que se conocieron—. ¿Te gustaron mis poemas?

—Ya salió el peine.

—Sí me gustaron, me gustaron mucho, salvo el del mar.

—Eso es porque no entiendes de estructuras poco convencionales. A ti con que rime ya te convencieron. No sabes leer imágenes, sólo palabras. Si un verso termina en bola y el siguiente en crayola, está verguísima.

—Sé mucho más que tú de imágenes poéticas. Me pareció aburrido y repetitivo. Cada verso es un refrito del anterior.

—Repetitiva tu pinche cantaleta de "pónganse a leer muchachas" —dijo imitándola—, "no van a escribir nada decente si no leen". ¿Tú qué chingados sabes sobre escribir y quién vergas quiere escribir algo decente? ¿Qué pensaste de "Luces negras en la noche"?

—¿Ése cuál es? —preguntó la Márgara.

—Ése se lo mandé a la Madam nomás para darle una calada.

Berta sonrió levemente y bajó la mirada.

—Me inquietó, Babis, me sigue inquietando.

—A güevo, es que es muy bueno.

—Pero le falta trabajo. Eres muy complaciente contigo misma. Te sientes brillante y talentosa y no te exiges. Eso te hace mediocre.

Babis se levantó.

—¿Y tú quién te pinche sientes como para andar diciéndome mediocre, pinche vieja?

—La Madam, querida Babis —dijo Berta, levantando el mentón—, soy la mentora de las M45. Si no les digo la verdad, no sirvo para nada.

—¡Pa comprar las cheves!

—Cállate, Futuro. ¿Y cómo crees que puedo mejorar, pinche Madam?

—Primero, tú no eres *el mal*, ni todo es *nocturno*, ni hay que *matarlo*. Te hace falta experiencia. Escribe más largo, no le temas a que se te salga de las manos. Los poemas son trabajo en el tiempo, no en el instante.

—Ah, chinga. ¿Y qué más?

—Sé más sincera. Se nota cuando escribes que tienes puesta la máscara. A nadie le interesa un poema deshonesto. No quieres mostrar vulnerabilidad.

—Vulnerabilidad, hazme el puto favor. Esta ruca de veras.

Judas se acercó a su amiga.

—Babis, reconoce que te late la Madam. No pasa nada. No vamos a pensar menos de ti. Reconoce que quieres que te enseñe lo que sabe, que te urge que te diga que tus poemas le encantan. Nomás admítelo. Hasta te la quieres cepillar.

—Qué me va a urgir a mí que esta vieja me diga nada.

—A eso viniste, no te hagas. Te anda por cambiar la estrategia, pero no quieres que nos demos cuenta, pinche border. Pos te la pelas. Reconoce que estás aquí porque quieres ser M45 con toda tu pinche alma, pero eres muy orgullosa y aunque estás metida hasta el cuello, no se te da la gana admitirlo.

Babis se sentó en el sillón otra vez y con la cara seria volvió a hablar.

—No es que quiera, Judith, es que soy. A la verga. Sin mí no existen. Yo soy la que le da sentido a todo. Admítanlo ustedes.

—Le andaba por decirlo.

Berta sonrió.

Futuro intervino para exigirle a Babis que lo dijera en voz alta: "La Madam es la mentora y yo soy M45". Babis la miró con resentimiento y dijo:

—No te excedas, Futuro. Tampoco soy tu perico entrenado.

—A ver, compañeras, vamos a repasar los hechos —dijo Judas, tomando un lugar en el sillón al lado de Babis y sirviéndose ella misma un tequila—; nosotras somos amigas de años y gracias a Dolores nos empezó a gustar la poesía. Pero cuando la Madam apareció entendimos algo que sospechábamos y que nadie nos confirmaba: que somos poetas. Antes no estábamos seguras, creíamos que los poetas tenían noventa años y eran varones con nombres mamones y una sola morra de hace varios siglos. Sentíamos que para ganarnos el derecho a llamarnos *poetas* tendríamos que cargar con alguna cruz, como la monja, pero nel. Somos poetas sin cruz, sin pagar derechos de piso poético. Ora, Babis, sabemos que eres un dolor de ovarios, pero igual eres del clan.

Judas se empinó el tequila y se sirvió otra vez. Le pasó a Babis el caballito con un gesto que indicaba que, al hacerlo, reconocía lo que acababa de decir.

Babis tomó el caballito y tras sostenerlo un momento frente a su cara, se lo empinó.

—Esto es un putazo, morras. Pongan atención. Judas ya lo entendió y yo ya lo pensé un chingo y ya me di color de todo. Ahí les va. Escuchen atentas. ¿Qué se espera de nosotras en este mundo? Nada, o nada chingón. Nadie da un varo por unas adolescentes jodidas del puto culo del país. Si acaso, que le demos a un jale deprimente, que criemos a unos morritos que luego puedan salir a darse de vergazos. ¿Qué tenemos después de la prepa? La chinga, como todas. Y la chinga es para siempre. Ustedes, además, bajo las órdenes de batos, porque creen que eso les gusta, vaya a saber su puta madre por qué. Como si no los conocieran. Nadie quiere que seamos otra cosa que las perras jodidas que somos, como nuestras mamás, nuestras tías y todas las pinches morras invisibles como nosotras. Pero nosotras no somos unas perras ahí nomás, somos una pandilla más culera que Ramón y sus secuaces, porque tenemos un arma bien rara y bien filosa y esa arma es que nos vale verga lo que el destino tiene preparado para nosotras y no nos vamos a rifar un calvario de sesenta años de servir al amo patrón de todo, sino que vamos a ser, o mejor dicho, somos unas perras poetas, unas santas vergas voladoras que tienen de su lado la palabra, como la monja, que se le escurrió al sistema y que se puso a pensar. Como la Madam también, pinche vieja pervertida y rara, que se le peló al destino jodido que la vida le ofreció y nos fue a encandilar a Torreón con sus trucos. Eso mero hace la Madam, pensar en el mundo y en su podredumbre asquerosa y lo despluma a pura fuerza de verbo y ovarios, de buscarle el modo a la vida, porque si leen con cuidado, cosa que no hacen, pero ya vendrá, se darán cuenta de que caminos hay muchos. Yo estaré loca, si quieren, pero a mí, por ejemplo, Ramón me va a conocer cuando vea mi jeta en la tele. Y claro que me van a decir que de poetas no vamos a salir de pobres y es cierto, pero el caso es que les digo aquí y ahora, que a la vida que nos quiere exprimir sin paga se la pela, porque a las rebeldes nos matan de pie y la Madam aquí, por mentirosa y cochina, nos tendrá que colaborar. No digo que no vaya a ser una vida culera de algún modo y no digo que todas vayamos a escribir la gran literatura. Aquí a mi Márgara, por ejemplo, habrá que buscarle algo que hacer porque de poeta no da una, pero nada, me cae de madres, nos va a impedir pensar un vergo y pensar lo que queramos. Si lo tuyo, Márgara, son las pinches estampitas de demonios, hágale pues. Y si la Madam quiere su escuelita, pos aquí tiene a sus jodidas alumnas. Y si Futuro quiere cantar, la tía Sagrario se va a la verga con sus planes de explotarla como puta. Y Judas, a ti te tocará mandar, poquito o mucho, ya será tu decisión. Nel. No se va a hacer lo que sea la voluntad de la jodidez, que pa no ser tan ojete, también se carga a algunos batos. Se va a hacer lo que nosotras digamos. Ya estuvo bueno de jalar parejo. Al sistema que lo defiendan ellos, nosotras vamos a romperlo en mil pedazos y que retiemble en sus centros la tierra, porque somos las M45 y hasta el viento se detendrá a darnos el paso, cómo chingados no.

El sol entraba por una ranura y la luz le daba directo en la cara. Se tapó con la almohada, pero estaba tan cruda, que sentía que atravesaba la almohada y le picaba la retina con alfileres. La boca le sabía a tequila. Se lamió los dientes, buscó los cigarros y fumó en la cama. Se sonrió al recordar a Babis sentada en calzones en el sillón. ¿Qué habría pasado? Quizá se habían amotinado. Recordaba los trazos de una orgía.

Se fue al baño y se miró en el espejo. Su ojo de loba tras el velo cristalino de la cruda. Le pareció verse más vieja y más lesbiana que nunca. Se arrancó unas canas de la coronilla y pensó en las muchachas. *Te unto pomada, escupo en un cazo, te arranco unos pelos.* Se sintió feliz y hasta quiso chillar, pero se aguantó. Se sentó en su cama. Los objetos de siempre la acompañaban. Una pila de libros en el buró con el diccionario Larousse hasta arriba. La calculadora, la maleta de billetes casi vacía, una pachita de tequila también vacía, el cenicero rebosante de colillas, sus botas vaqueras, su capa morada, el espejo viejo y lechoso con el recorte de la Zona del Silencio pegado al centro. Babis era Verónica, ella era Dolores y Ligia su talismán. Las personas se extienden en otras, regurgitan los espíritus mudando de cuerpo para seguir. Que todo cambie para que todo siga igual. Así se superpone el amor, la brujería, la poesía, la putería, la palabrería, la botella, la vida misma.

Aplastó la colilla en el cenicero y se puso la bata y las botas. Bajó despacio, cigarro en boca. Olía a parranda y se escuchaba la trompeta de una cumbia desvelada, de esas repetitivas que, después de un rato, dan la impresión de ir al revés. Se acercó hasta el umbral de la sala y asomó la nariz y luego un ojo.

Las cuatro muchachas, despeinadas y con los ojos desorbitados, sentadas sobre los cojines alrededor de la mesa, bailaban un poquito con los torsos y se pintaban las uñas con *liquid paper*.

Tu lengua en mi boca de Luisa Reyes Retana
se terminó de imprimir en enero de 2022
en los talleres de
Impresora Tauro, S.A. de C.V.
Av. Año de Juárez 343, col. Granjas San Antonio,
Ciudad de México